『流れゆく雲』

ヴァレリウスとヨナは執務室に入ると、いっせいにひざまづき、膝の上に低くこうべをたれ、女王への臣下の礼をとった。（298ページ参照）

ハヤカワ文庫JA
〈JA842〉

グイン・サーガ(107)

流れゆく雲

栗 本　薫

早 川 書 房

5833

DRIFTING DESTINIES

by

Kaoru Kurimoto

2006

カバー／口絵／插絵

丹野　忍

目次

流れる雲の彼方に
貴方がいるの
雲になって流れていったら
貴方に会えるの
吹く風はいつもみどりいろ
雲をどこかに運んでゆくよ
流れる雲はどこにゆくの
流れる雲はふるさとへ

吟遊詩人の歌集より

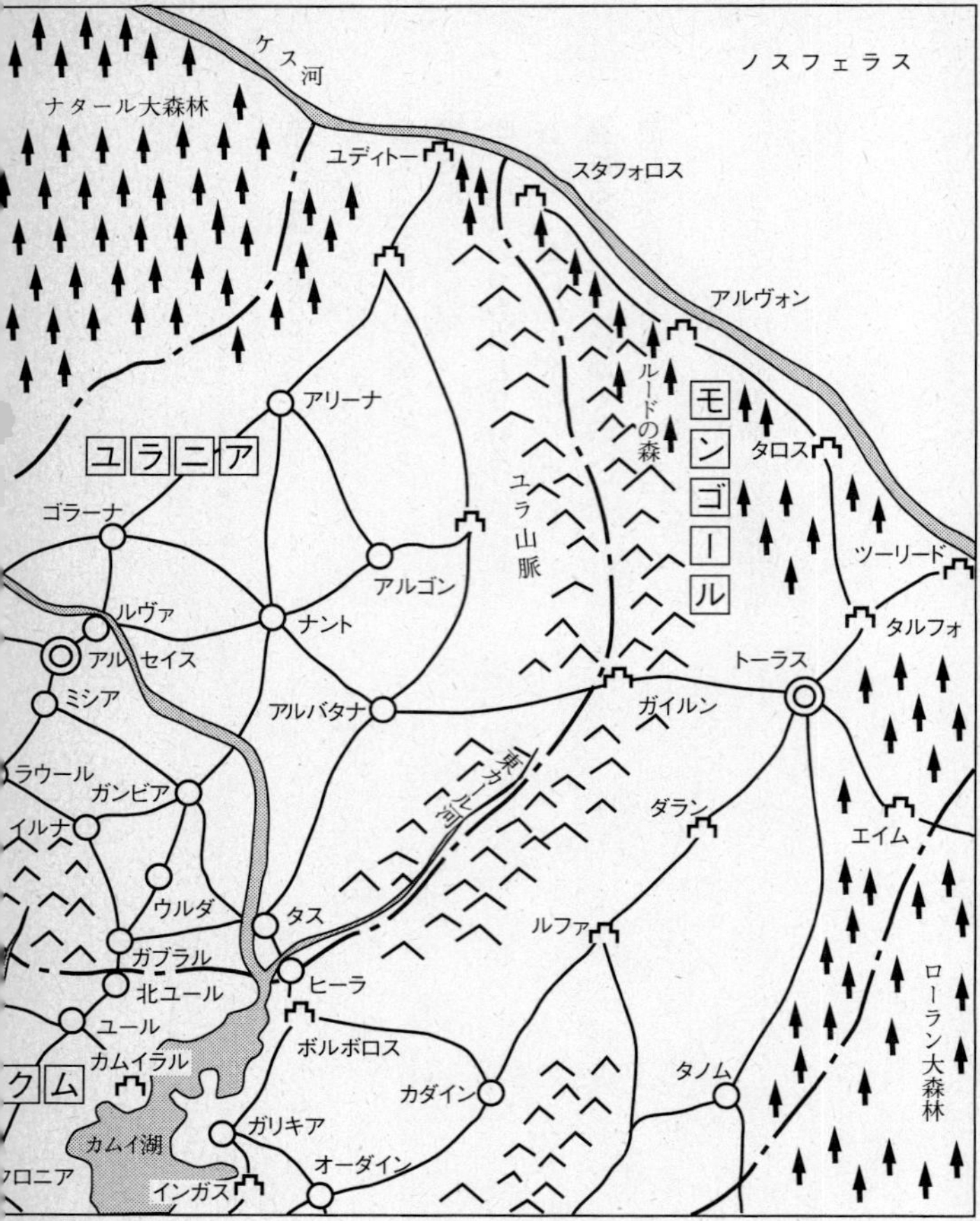
ケス河
ノスフェラス
ナタール大森林
ユディトー
スタフォロス
アルヴォン
ルードの森
モンゴール
タロス
ユラニア
アリーナ
ゴラーナ
ユラ山脈
アルゴン
ツーリード
ルヴァ
ナント
タルフォ
アルセイス
トーラス
ミシア
アルバタナ
ガイルン
東カール河
ラウール
ガンビア
ダラン
イルナ
エイム
ウルダ
タス
ルファ
ガブラル
ヒーラ
北ユール
ローラン大森林
ユール
ボルボロス
カムイラル
クム
タノム
カダイン
ガリキア
カムイ湖
オーダイン
インガス
フロニア

〔中原拡大図〕

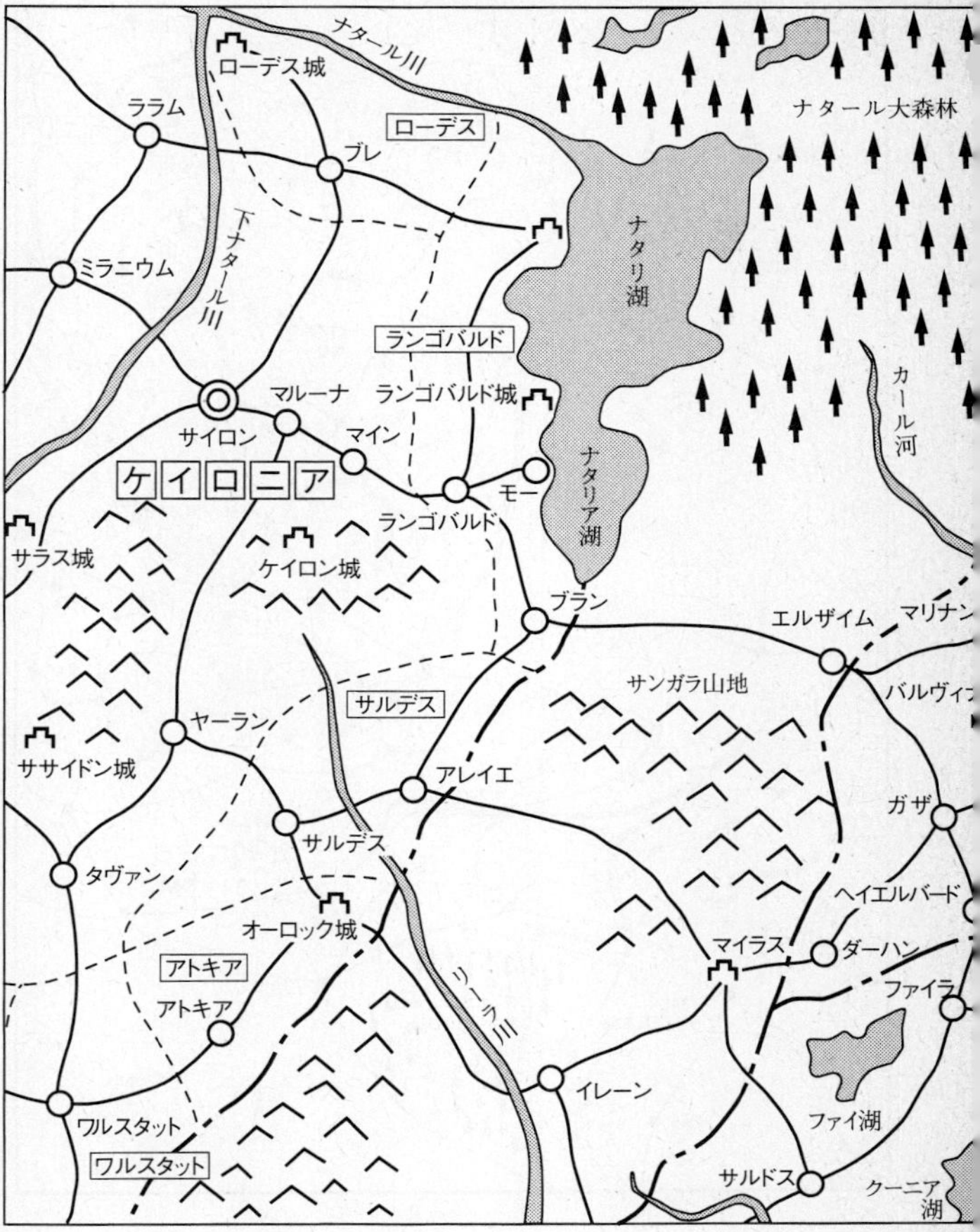

ナタール川
ローデス城
ララム
ローデス
ブレ
ナタール大森林
下ナタール川
ナタリ湖
ミラニウム
ランゴバルド
カール河
ランゴバルド城
マルーナ
サイロン
マイン
ナタリア湖
モー
ケイロニア
ランゴバルド
サラス城
ケイロン城
ブラン
エルザイム
マリナン
サンガラ山地
バルヴィ
サルデス
ヤーラン
ササイドン城
アレイエ
ガザ
サルデス
タヴァン
ヘイエルバード
オーロック城
マイラス
ダーハン
アトキア
アトキア
ファイラ
リーラ川
イレーン
ワルスタット
ファイ湖
ワルスタット
サルドス
クーニア湖

〔中原拡大図〕

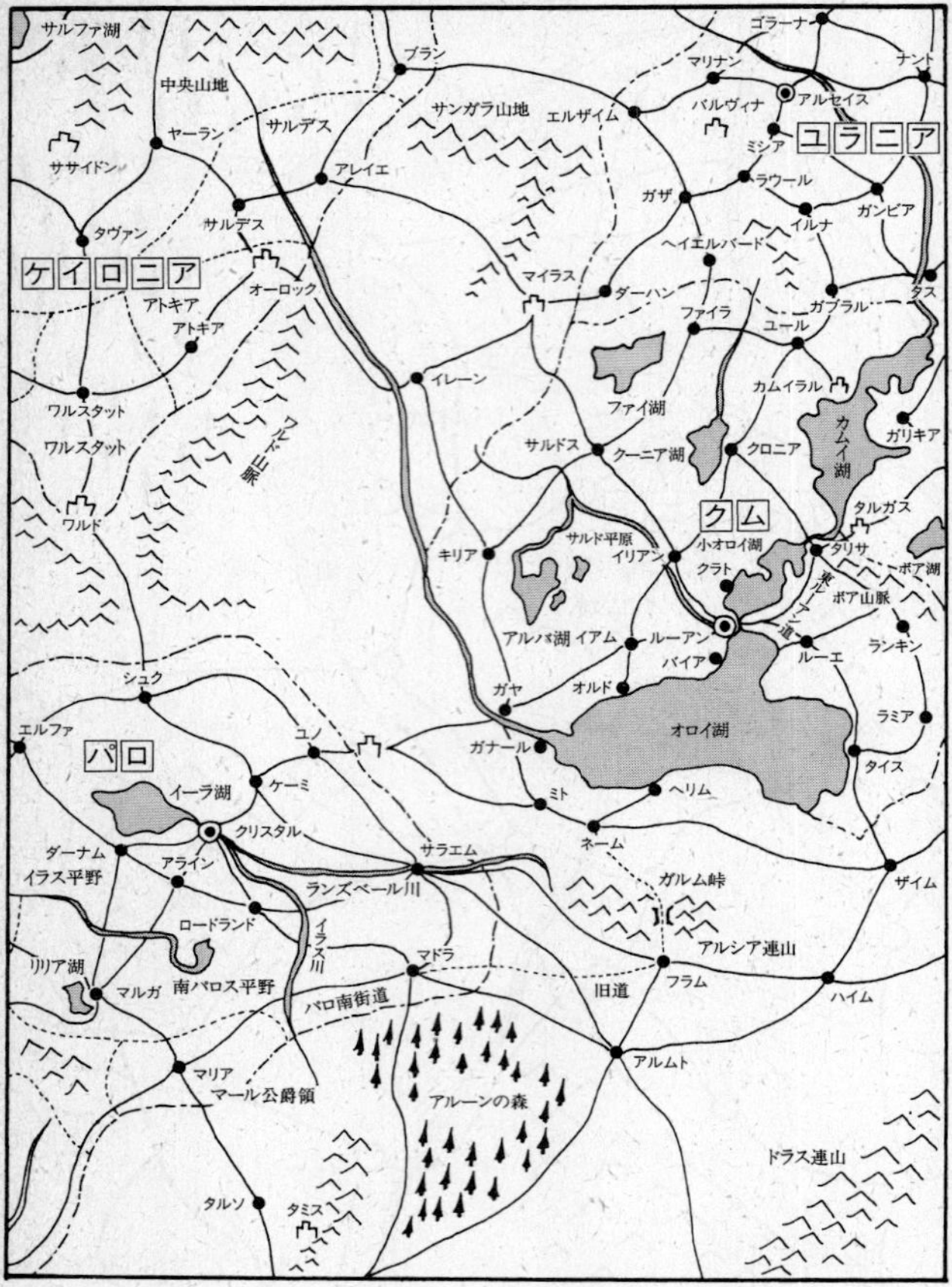
サルファ湖
中央山地
ブラン
ゴラーナ
ナント
マリナン
アルセイス
バルヴィナ
エルザイム
サンガラ山地
サルデス
ヤーラン
ササイドン
アレイエ
ミシア
ユラニア
ラウール
ガザ
ガンビア
イルナ
タヴァン
サルデス
ヘイエルバード
ケイロニア
オーロック
マイラス
ダーハン
タス
アトキア
アトキア
ファイラ
ガブラル
ユール
イレーン
カムイラル
ワルスタット
ファイ湖
ワルスタット
ワルド山脈
サルドス
クーニア湖
クロニア
カムイ湖
ガリキア
ワルド
クム
タルガス
サルド平原
小オロイ湖
タリサ
キリア
イリアン
クラト
東ルーアン道
ボア湖
ボア山脈
アルバ湖
イアム
ルーアン
ランキン
バイア
ルーエ
シュク
ガヤ
オルド
ラミア
エルファ
ユノ
オロイ湖
パロ
ガナール
タイス
ケーミ
イーラ湖
ミト
ヘリム
クリスタル
ネーム
ダーナム
サラエム
ザイム
アライン
イラス平野
ガルム峠
ランズベール川
ロードランド
イラス川
アルシア連山
マドラ
リリア湖
フラム
マルガ
南パロス平野
旧道
ハイム
パロ南街道
アルムト
マリア
マール公爵領
アルーンの森
ドラス連山
タルソ
タミス

流れゆく雲

登場人物

リンダ……………………パロ女王
レムス……………………元パロ国王
スニ………………………セムの少女
ヨナ………………………パロの宰相代理
ヴァレリウス……………パロの宰相。上級魔道師
アキレウス………………ケイロニア第六十四代皇帝
ハゾス……………………ケイロニアの宰相。ランゴバルド選帝侯
カメロン…………………ゴーラの宰相。もとヴァラキアの提督
イシュトヴァーン………ゴーラ王

第一話　秋思

1

「何だとォ？」

自分でも、予期しなかったほど、びっくりするほどに大きな声が出た。カメロンは、思わず、机に身を乗り出し、そのはずみに、机の上にところ狭しと乗っていた書類をすべて払い落としてしまいそうになった。

「――いま、なんといった」

おのれの耳を信じかねて、カメロンは精悍な眉をけわしくひそめた。その剛毅な目がするどく、驚くべき知らせをもたらした使者をにらみすえている。伝令の騎士はちょっとおどおどして目をふせた。カメロンの目の力に負けた格好だ。

「イシュトヴァーンの――もうひとりの子供、だと？」

しかも、男の子、だ。いきなり、そのようなことを云われても、おいそれと受け入れるわけにはゆかなかった。

「それは、確かなのか」

「は、トーラスからの報告によれば——確かに……かなり信憑性の高いものと思われます。……ユエルス隊長はそのようなことについて、うかうかと——きちんと確かめずに報告をするようなかたではありませんし……もしも、裏付けをとっていなければ、確かではないが、とおそらく——付け加えてこられるはずである、と——ルーエン中隊長も云っておられました」

「うむ……」

カメロンは、ゴーラの宰相であり、最近になって自ら任命された陸軍総督であると同時に、ずっと独自の別働隊を維持している。

それは、カメロンが、はるかな沿海州のヴァラキアを捨て、高い地位と、ヴァラキア公ロータス・トレヴァーンの大きな信頼とを得ていた故国をあえて捨てて、イシュトヴァーンのもとにかけつけ、宰相となるとき、最初に、自分から出す唯一の条件、としてイシュトヴァーンに了承させたことだった。自分は、《ドライドン騎士団》と名乗る、まったくカメロン自身の命令によってだけ動く、完全にゴーラ正規軍とは別系統の自分自身の組織を持っていつづけること。その《ドライドン騎士団》については、すべての仕切りも人選も、また動きについても、一切の容喙を受けないこと。

むろん、それは決してゴーラ王イシュトヴァーン、及びゴーラ王国のためにならぬ動きはせぬ、ましてイシュトヴァーンに敵対するような行動は何ひとつとらぬ、というかたい誓約の上でだ。また、ドライドン騎士団を動かして得た情報がゴーラにとって、あるいはイシュトヴァーンにとって重要な場合、当然カメロンはそれを惜しみなくゴーラなりイシュトヴァーンのために使う、ということも約定のなかにはあった。

だが、それにもましてカメロンにとって重大だったのは、「その判断は自分ひとり——すなわちカメロン団長だけがする」という項目であった。イシュトヴァーンは例によっていったん信用してしまったとなると、そのようなこまごましたことは、むしろ面倒がって聞きたがらないし、精密にそうした契約や誓約を文書にしてとりかわしておこう、などという気持は毛頭ない。なんでもかんでも、「面倒くせえ」ですましてしまう。

それに乗じたわけではなかったが、カメロンは、どうしても——何がどうあれ、ゴーラ王国のおぼつかぬ運営を支えている内部とはまったく別に、カメロン自身の手足としてだけ動いてくれる別働隊が必要だった。それがなければ、とうてい、ゴーラの宮廷の一員として、イシュトヴァーンに剣を捧げ、イシュトヴァーンとゴーラとに忠誠を誓ってはたらくことは不可能だ、とカメロンは断言して、その権利を勝ち得たのだ。

それはだが、外様であり、はるかなヴァラキアから単身やってきたカメロンにしてみれば、当然すぎるほどの予防措置であり、自衛の方法でもあった。ゴーラ軍をまかされるといっても、実際には軍はイシュトヴァーンが率い、指揮することになるだろう。カメロンは文官ではない。きっすいの軍人だ。軍を率いて戦場に出るイシュトヴァーンの留守を守って国をうまくおさめてゆくようなことは、カメロンの気性にも経歴にもあっていない。しかもカメロンは、軍人といっても、まさしくはえぬきの海軍軍人なのだ。船乗りであり、沿海州の国ヴァラキアの海軍提督であり――そのカメロンにとって、内陸の国ゴーラの、しかも宮廷のなかに縛り付けられ、来る日も来る日も事務仕事をしていろ、などというのは拷問にもひとしかった。いや、拷問そのものだ。

だが、海のないゴーラに海を作り出すことなど出来るはずもない。これもまた、おのれが選んだ運命だ――とあきらめはしたが、カメロンは、そのかわりに、せめて「自分自身のためだけの軍隊」をもつことに固執した。それはまた、世界情勢に対して、うとくならぬための自分だけの情報網をもつことでもあったし、また、自分の気軽に使える親衛隊――しかもゴーラとは無関係な――を維持しておくことでもあった。

ドライドン騎士団の顔ぶれは、最初のうちは厳密に沿海州からカメロンを慕ってついてきたもとの部下たちだけで構成されていたが、そのうちに、それだけではとても人数が不足になった。それで、カメロンは自ら詳細に面接して、傭兵を募集し、次第にドライドン騎士団の人数をふやした。身元が確かだ、ということよりも、カメロンは、おのれの直感と人物を見る目のほうを信頼した。そうやって一人一人、粒よりに選んで増やしたただけあって、いまとなっては、ドライドン騎士団の総数は、当初の数十人に何倍する、二千人近くにも及んでいる。そのうちのかなりの部分をカメロンは諜報班として、さまざまな情報活動のためにあちこちの地方にむかって送り出している。

また、その諜報班のなかから、カメロンは何人かを選んでイシュトヴァーンのかたわらに送り込み、イシュトヴァーンの動静について自分に報告してくる——間諜、といっては言葉が悪かろう、伝令係をもうけていた。そもそもは、マルコもその一人であったにすぎなかったのだ。だが、マルコはイシュトヴァーンに気にいられ、副官にとりたてられるまでになり、いまや准将まで出世してしまい、イシュトヴァーンにとってはなくてはならない側近になってしまった。むろん、まだドライドン騎士団をやめたわけではないが、「そこまで、イシュトヴァーンに信頼されたのだったら、あいつは、そうして信頼できる相手がことのほか少ないし、そういう人間こそ、イシュトヴァーンには大事なのだ。俺のことはいいから、あいつのそばにいてやってくれ」と、カメロンのほうから、マルコには言い渡してある。そのかわり、イシュトヴァーンのことで、マルコには手のあまるような事態になりそうになったら、遠征先からも必ず伝令を飛ばして自分にだけは報告するように、とかたく申し渡してあるので、マルコからの伝令によって、カメロンは、イシュトヴァーンの負傷についても、またそれが突如あらわれたグインによるものだ、ということについても、おっつけ報告は受けていた。

イシュトヴァーンはそののち、タルフォで静養してから、トーラスに戻り、ほどもなくトーラスをたってイシュタールに向かう帰途についた、という報告も、これはマルコからの個人的なものではなく、正式の伝令から受けている。

（だが……モンゴールはまだ当分おさまらないだろう……）

カメロンは、イシュトヴァーンがいったんモンゴール内戦を本気で収拾しようとする方向に向かいかけたことには、かなり胸をなでおろしていたが、この先の見通しについてはあまり楽観的ではなかった。モンゴール国民のゴーラへの感情は、カメロンがトーラスにずいぶんともぐりこませてある密偵からの報告でもあまりかんばしくない。イシュトヴァーンがトーラスに戻り、イシュトヴァーンとアムネリスとのあいだの一子ドリアンをモンゴール大公に任命するよしを告知したことで、いったんあいついだ反乱軍の蜂起は少しおさまりかけてきたが、まだ火種は存分にくすぶっている。いずれ、一度は、自分が直接モンゴールまで出馬しなくてはなるまいか、とカメロンはひそかに、このところずっと考えているのだ。

（イシュトヴァーンはなんでも自分で解決したがるが、モンゴールについてだけは駄目だ——モンゴールは、イシュトヴァーンが乗り出すとかえって硬化してしまう……）

それも、無理もない、とはいえる。

イシュトヴァーンは、いまや、旧モンゴール大公国の国民にとっては、さいごのモンゴール大公であったアムネリスを自害に追い込んだ憎い仇である。それも、モンゴールへの裏切りが発覚して裁かれようとする席上から反乱をおこし、武力でモンゴールを制覇してしまった、つまりは非道な侵略者だ。そしてアムネリスはイシュトヴァーンへのつきぬうらみを、おのれの腹をいためた子に「ドリアン」――悪魔の子、という名前をつける、というかたちでたくしたまま、産褥で自害して果ててしまった。モンゴール国民にとっては、すべてのモンゴールの悲運はイシュトヴァーンからやってきた、とさえ、いまや、思われている。

カメロンはかなりの数のドライドン騎士団の活動員をトーラスに送り込み、なんとかしてモンゴール国民、ことにトーラスの過激な残党たちのゴーラとイシュトヴァーンへの怒りと憎しみを下火にしようと働きかけさせようとしてみたが、なかなかうまくゆかなかった。それはおそろしいほど強烈にトーラス全体に根付いてしまっており、おもてだっては反乱に参加できない商人や女子供の胸中にも、かえって深くゴーラへの憎しみとイシュトヴァーンへの恨みがわだかまってくすぶっているようであった。イシュトヴァーンは言い出したらきかない。トーラスでおきた反乱を、「俺がいって鎮圧してやる」と言い張って、とめるカメロンをふりきってただちに出発してしまったのだが、その結果、その反乱軍の首謀者であった若いハラス大尉を首尾よくとらえたことも、おそらくは、かえって逆効果になっていたのではないかとカメロンは案じている。

（俺なら……わざと泳がせて地方へ追い出すような方法をとるのだが……イシュトヴァーンは若いからな……）

カメロンはじっさい、モンゴールのこの反ゴーラの反乱軍の蜂起については、胃が痛くなるほど気にかけていた。カメロンの本当に正直な気持をいえば、（ドリアン王子を大公にせっかく任命するのだから、そのまま、ドリアンをトーラスで育てさせるようにして、モンゴールには……ある程度、自治を認めてやるくらいにしたほうがいいのに……）と思っている。いまのモンゴールを力づくで従え続けているのは、ゴーラ本国にとっては、まったく得策ではない、とカメロンは考えているのだ。

（いまのゴーラには、そんな余力はない——しかも、そうやってイシュトヴァーンが軍の精鋭を率いて反乱軍の制圧に出ていってしまったから、イシュタールはいたって手薄だ。——もうこのさい、モンゴールのことはいっそあきらめて、モンゴールはモンゴール国民にまかせてしまったほうがいいくらいなんだが……）

（そうすればかえって……たぶんモンゴールは自滅する。いまの反乱軍の蜂起には、本当の意味でのめぼしい指導者がひとりもいない。——ハラスはごく若いときいているし、それも、『獄中にあるマルス伯爵を救え』というのをうたい文句にして人を集めたときいている。——マルス伯爵のいとこか何かだそうだが——そもそもだが、マルス伯爵というのはそれほど勝れた人材というわけじゃない。——ただ、名門の血をひいているというだけだ。それをなまじ、逮捕して獄中に下したりしたから、モンゴールの国民たちが、英雄視してしまっているのだ。……俺ならむしろ、マルス伯爵も釈放し、ハラスも放置し――そうして、モンゴールをモンゴール人たちの手にゆだねておく。そうすればたぶん、モンゴールのほうから収拾がつかなくなって……もしかすればゴーラになんとかしてくれとすがってくる勢力もあらわれてくるだろうし、そこまではゆかないまでも、モンゴールは国家のていはとうていなさなくなるだけの話だ――ゴーラはただ、クムが介入することをさえ警戒しておれば、いずれは、そうやって自己崩壊したモンゴールを易々と、今度はしかも大義名分のもとにとりとめてやることが出来るだろうに……）

だが、イシュトヴァーンには、そんな気の長い話を、じっと手をださずに見ていろ、というようなことは、云うだけ無駄だ、ともカメロンは思っている。

それゆえ、カメロンは、（自分が気を配っているしかない……）と割り切って、ドライドン騎士団の諜報部隊のかなり多くをトーラスに送り込んでいるのだった。トーラスと、イシュトヴァーンの遠征部隊にだ。

そして、そのトーラスに送り込んだものたちの報告で、カメロンは、《風の騎士》と名乗る、あやしい仮面の男に率いられた騎士団の存在を知ったのだった。それは、オーダインやカダインではすでにひそかにだがかなりのうわさになりかけていたのだ。カメロンの諜報部隊はきわめて有能に鍛えられていたから、本当に危険なそういう情報を見逃すようなことは決してせぬ。

(まだ、本当に危険になるかどうか、そこまでの人数を集めているわけではございませんが)

モンゴール南部からの情報をあつめて送ってきたドライドン騎士団諜報部隊のルーエンは、そう書いてきたのだった。

(ただ、率いる首領が正体不明であるところと、いまのところ目的が不明であるところが気にかかります。それゆえ、一応ご報告しておきます。ご記憶のすみにでも、とどめておいていただければ)

記憶のすみに、とどめるどころではなかった。

これは、くさい――と考えたカメロンは、ただちに、ルーエンに命じて、《風の騎士》率いるその謎の部隊に、ドライドン騎士団の諜報部隊から少人数を潜入させ、その首領の正体と、その一団の目的とを調査させるように命じたのだ。ルーエンは、モンゴールの事情に詳しいユエルス騎士を団長とする小さな別働隊を作らせ、それを命令どおり《風の騎士》の団に送り込んだのである。むろん、イシュトヴァーンはあずかり知らぬことであった。イシュトヴァーンはおそらく、いまだ《風の騎士》についてさえも知ってはいるまい。

だが、そのけっかはまったく思いがけぬ報告というかたちであらわれてきた――「イシュトヴァーンのかくし子」である。

《風の騎士》の正体は、行方不明であった、赤騎士団所属のアストリアス子爵であるらしいという……)

そして、その前に突然あらわれたのは、イシュトヴァーンがアムネリスの侍女に手をつけて作ったという、「イシュトヴァーンの血をひくもうひとりの男児」という存在であった。

「いかが、はからいましょう?」

「いかがもへちまもない。……とにかくルーエンには、引き続き任務をはたせと伝えておいてくれ。それと」

カメロンは、伝令をにらんだ。その伝令もドライドン騎士団の一員である。

「イシュトヴァーン陛下には、まだ、決してそのことが伝わらぬように、いいな」

「はい」

伝令にそのようなこまかな事情がわかろうはずもない。また、はるかなモンゴールの彼方でおこっていることのこまかないきさつなどについても、伝令が知るはずはない。伝令はただ、ユエルスからルーエンへの報告をルーエンが受取り、そしてただちにイシュタールのカメロンに向けて送り出してきた、その報告書を持って赤い街道をひた走った、までのことだ。

「もう、下がってよい」

伝令をさがらせてから、カメロンはあらためて考えこんだ。

(イシュトヴァーンの、もうひとりの息子……だと——)

それは、カメロンには、思いもよらなかった因子であった。

イシュトヴァーンが、どこでどのようにしてそのようなものを作ったのか、カメロンにはあいにくと思いあたらなかった。じっさいには、イシュトヴァーンがフロリーと駆け落ちしようという気まぐれにかられ、そして、それをあわや実行しかけたその晩に、フロリーのもとにゆかなかったのは、当のカメロンがまさにトーラスに到着した、という出来事があったからであった。カメロンの到着に驚愕したイシュトヴァーンは、フロリーとの真夜中の密会の約束のことなど放りすて、そして、あとで探したときにはもうフロリーはいずこへともなく単身出奔したあとだったのだ。絶望にかられてフロリーが宮廷を出ていってしまったことは、イシュトヴァーンは苦にしてカメロンに相談はしたが、そんなことは、カメロンにとっては、イシュトヴァーンとの再会、また、そののちの狂おしく激しい運命の変転と展開のなかでは、あまりにもささやかな、どうでもいい、世間話に毛のはえた程度のものにしかすぎなかった。

それゆえ、カメロンは、イシュトヴァーンがそうして、駆け落ちしかけていた瀬戸際に自分がそれをはからずもはばんだ結果になったのだ、などということはまったく記憶から去ってしまっていたし、フロリー、という名前をきいても、何一つ思い出すことはなかっただろう。ただ、カメロンは、イシュトヴァーンが、アムネリスの女官たちのあれこれに手をつけでもして、そのなかのひとりがたまたまそういうようなことになったのだろう、というようなことを推測しただけの話であった。

イシュトヴァーンの、最近の言動からは、そんなふうにイシュトヴァーンが好色な行動をとっていた、などということはあまり想像できない。むしろ、最近のイシュトヴァーンは禁欲的とでもいいたいくらい、女色を近づけることなど関心もなく、ただ戦さと酒と、それに野望だけに夢中になっているようにカメロンには見える。

それもまた、決して、この年齢の男として、正しいありようだとはカメロンは思わなかったが――だが、同時に、（いまは、女遊びなどよりも、野望のほうが面白くてならないのだろうな……）とは理解している。

同時にまた（おそらくは――アムネリス王妃とのいきさつが、相当にイシュトにとっては、女に懲りる気持を招いているのだろうな……）とも思っている。一応アリサという、モンゴール出身のミロク教徒の娘は世話係のようなかっこうでそばにおいてはいるが、当人のことばを信じるならば、手はつけていないようだし、また、確かに今度の遠征などでも、その置いてゆきようをみると、「愛妾」というような位置とは、イシュトヴァーンのなかで程遠いところにいる女であることは間違いがないようだ。

（むしろ……こののちのことを考えれば、アムネリス王妃のほとぼりがさめたら、なんらか——しかるべき王妃を迎える、それによってなんとかゴーラ王国の基礎をかため、少しでも安定させるということだって考えてもいいときだが……）

ひそかに、カメロンはそのための人選もはじめたりしていた。カメロンの念頭にあったのは、沿海州のアグラーヤの王女たちや、また、タリア伯爵領の麗人と名高いアレン・ドルフュスなどだったが、アレン・ドルフュスは美貌でも名高いが、女騎士としても名をはせている。公女将軍で名高かったアムネリスのことを考えると、その手の女は避けたほうがいいのだろうか、もっとやさしくつつましいおとなしやかな貴婦人のほうが、イシュトヴァーンにはむいているだろうか、などということも、忙しい政務のあいまに、カメロンひとりはつらつらと考えてはいたのだ。さいわいに沿海州にはカメロンは顔がきく。カメロンが仲介にたてば、沿海州のかなり名門の姫君たちをでも、ゴーラの王妃に迎える交渉は難しくはないだろう。

（ドリアン王子は……一応一回は王太子には立てるとしても……たぶん、モンゴール大公として全うさせてやって……ゴーラ王国のあとつぎとしては、もっと——しかるべきうしろだてのある国からむかえた王妃とのあいだの子供のほうがいい……）

むろん、それはカメロン個人のひそかに考えていることにすぎない。

カメロン自身は、ゴーラ、という国に対しては、愛着があったり、イシュトヴァーンのように、「自分の作った」国家、という思いがあるわけではなかったから、むしろカメロンのそうした思いは、ゴーラに対してというよりも、「イシュトヴァーンの幸福」についての懸念のほうが大きかった。

(俺が、ここにきたのは……ゴーラ王イシュトヴァーンを覇王として全世界に名をあげさせるためではない——イシュトが幸せで——ひととしてつつましくも満足な一生を送れるようにしてやりたい、という、そのほうが強いのだから……)

とかく、道をあやまり、世界のはてまでもふっとんでいってしまいそうなイシュトヴァーンへの懸念と、その一生に対する微妙な、いや、だがかなり根強い責任感のようなもの。

じっさいに血がつながっているわけではなかったが、その意味ではやはり、カメロンにとっては、イシュトヴァーンは「わが子」にもひとしかった。

(イシュトはまた……野望はともかく、幸福とは……あまり縁がなさそうだからな……)

家庭の幸福。

そんなものは、自分自身も縁はあるまい、とはわかっている。

そのようなものは、もののふにとっては——ことに野望を持ったもののふにとってはあまりにもかけはなれたものだ。薄倖なドリアンだけはせめて、少しでも幸せになってくれればよいと念じてはいるが、それももう、まず望み薄だろう。

だが、また、逆に、イシュトヴァーンが「家庭の幸福」などというもののなかにおかれたら、と思うと、それはカメロンから想像してもあまりにも似つかわしくない、滑稽なくらいに不似合いな情景でしかなかった。

(可哀想なやつだな……)

幸福な情景が似合わない――血なまぐさい戦場だの、寒々とした遠征だの――荒々しい争闘の光景ばかりが似つかわしい、と思わせてしまうのは、イシュトヴァーンそのもののはらむ魂の荒涼のゆえか。それとも、そうしたところしか知らずに育ったがゆえに、あたたかな団欒や幸福なぬくもりのなかに身をおくことを、たまたままだ、知らずにいるだけか。

(だが、いつまでも若いわけではないのだから……)

覇王、として人生を送ること――それしか知らぬのでは、あまりにもむなしく、荒涼としている、とカメロンは思う。もっとも、ではそういうカメロン自身にどんな家庭の幸福があるのか、と問われれば、苦笑してそっぽをむくしかなかったのだが。

(俺はいい。――俺のことなどはどうでもいい。俺は……もう、船乗りになったときから、陸《おか》の上の幸せは縁がないと決めている。イシュトヴァーンのもとに剣をささげたときから――俺の一生はもう、安穏とも平穏とも、あたりまえの平和とも縁がないと決めている……)

だが、それだけに、せめてイシュトヴァーンにだけは、いくばくの平和も幸福も、知るだけは知ってほしい。もっともそれが「家庭」のそれだとは限らないかもしれない。

(とりあえず、せめて——そのもとに帰ってくつろげる女だけでもいればいいのかもしれないのだが……)

カメロンの思いはまたしてもそこに戻る。

2

やがて、カメロンは、呼び鈴を鳴らして、ドライドン騎士団の当番を呼んだ。

宰相の執務室にも、ドライドン騎士団の面々は、特例により、いつでも呼ばれて通ることを許されている。

「お呼びでしたか」

「ああ、お前か、ブラン」

入ってきたのはブランであった。カメロンにとっては、右腕のひとりといっていい、ヴァラキア以来、オルニウス号以来の古馴染だ。

「今日はお前が当番か。なら話が早くていい。――いま、ドライドン騎士団は何人動かせる」

「地方に諜報活動に出してるのがご存知のとおり五百くらいいますが、あとのは召集さえかければ、まる一日あれば全員集まります」

「そうはいらねえな。そうだな、とりあえず百あればいいが」

「それだったらいますぐでも大丈夫ですよ、おやじさん」

ドライドン騎士団のもの——なかでも昔からの古株のものたちだけが、カメロンを昔からの習慣のままに「おやじさん」と呼ぶ。

それをきくと、カメロンはいつも、はるかなレントの海の青い波がうちよせるような感慨にとらわれるのだった。

「百、集めて——じゃあ、お前がいたならちょうどいい。お前を頭にするから、ちょっと特殊任務を頼みたい」

「はい、なんなりと。このしばらく何もなくて暇で暇でしょうがなかったとこですからね」

「モンゴールにいってほしいんだ。ルーエンから妙な報告が入ってきた」

「妙な」

「イシュトに——ドリアンのほかにもうひとり、男の子がいた、それをルーエンが——じゃないな、ルーエンの部下のユエルスが、発見した、っていうんだ。トーラスじゃない。モンゴールの——森林地帯のほうらしい」

「イシュトヴァーン陛下に、もうひとり男の子」

ブランが復唱して妙な顔をした。

「ほう」

「もともとがな――ルーエンには、トーラス周辺の、反ゴーラの反乱軍の状態について調べに、五十人ほど連れていってもらってあった。それが、ルーエンから、せんだって、《風の騎士》とか名乗ってる妙な仮面の男が率いる、独立の騎士団みたいなものが南部に出現して、まだ特にこれといった反乱の蜂起ののろしをあげるようでもないが、いずれはそうなるであろうようすだっていうから、ちょっと目的だの、背後関係だののいろいろ調べさせるために、ほらトーラス生まれだというユエルスってのがいただろう、あれに四人ほどつけて、その団になんとかもぐりこんでみろと命じておいたんだ。そしたら、そいつらからルーエンに報告がきて――ボルボロスの砦からな。その《風の騎士》と名乗っていたやつというのは、なんと黒竜戦役のとき戦犯として処刑されたマルクス・アストリアス長官の息子、アストリアス子爵だというんだな。そして、それとは別に、どういうわけか偶然にあらわれてきたのが、イシュトが――アムネリス王妃の侍女に手をつけて生ませたという隠し子の男の子だというんだが……《風の騎士》はその男の子をとらえて対ゴーラ反乱の切り札――まあつまり人質だな、それにしようとする計画があったというので、ユエルスがそれを一存で連れ出し、ボルボロスで援軍をかりてとにかくゴーラへ連れてこようと思う、というような伝令がきて――それぎりなんだがな。情報はそこまでだ」

「男の子って……本物の、イシュトヴァーン陛下の子なんですかね？」

「さあ、わからん。山師かもしれんし、だがいまそんなものが出てきたところで、どうなるってもんでもないだろう。ゴーラそのものがこんな安定してない時期に、隠し子だなんて云われてもな」

「ですよねえ……」

「だがとにかく、もしもそれが本当にイシュトの血をひいてる子だとすれば、そしてそのことをイシュトがちゃんと知ってたり、心当たりがあったりしたとしたら——確かに人質としての利用価値はあるってことになっちまうかもしれん。また、おのれの子供だとわかってから見殺しにしたりしたら、またしてもイシュトは国際社会で評判をがくんと落とすからな。——どちらにしても、その子供のことは確かめなくちゃならんし、それも——まあ、ボルボロスの砦でユエルスがどういうふうにいったのか、どうやって援軍をかりたのか、そのへんはわからんが、とにかく俺としては、その話は……イシュトにつたわる前に、なんとか俺のほうで真偽を確認してみたいんだ。つまらんときによけいな手間をかけるが、お前、この件を担当してくれないかな、ブラン」

「ああ、いいですよ、もちろんです。このところずっと何にも出番もないし、訓練ばかりやってたところで面白くはありませんからね。じゃあ適当に連れて——その子ってのを見つけたらどうすればいいんですかね。おやじさんのところに連れて帰りますか」

「そうだな。そうしてくれるのが一番早い。その母親ってのは何ものなんだか知らないが、できればその母親ごと連れてきてくれりゃあ——真偽のほども糾明出来るだろう。さいわいいまはユエルスがおさえてるようだから、まあ、迎えにゆくていどの手間ですむんじゃないかとは思うんだが」

カメロンは、その後にどのようなことがモンゴール国境でおこっているかなど、まるで知らずに気楽にいった。

「まあ連れてきてどうするかは、その子のようすだの、母親の素性や事情だの——そういうのをきいてからじっくり考えて、いいようにしようと思うんだがね。ただとにかく、いまのゴーラはまだそこまでのまとまりさえないから、ある意味じゃあ安心だとはいってもいいが、これがもうちょっとおさまってから、国としてのかたちをなすようになってからそんな話が出てきて、イシュトの隠し子でございなんて名乗り出られたりしようもんなら、厄介なことになる。それこそ、跡目争いがどうの、お家騒動がどうのって話になりかねねえからな。俺はいままだ、ドリアン王子の後見人としてたつ、ってところまでは腹は据わってねえんだが、だがまあ、あんなちっちゃい赤ん坊が、誰もみてくれるものもなく放り出されているんだから——それをそりゃ、おっかさんが自害した産褥で血まみれのまんま取り上げちまったのは俺だから、ふびんはかかるさ。だがそんな——お家騒動なんてものにまきこまれたくはねえからなあ」

「まったくですよ。第一いまのゴーラはそれどころじゃあないでしょうに」

「ああ。それにまあ、もちろんイシュトのやつも若いことだし、なんぼ若いときに若気のいたりでこさえた子供だといったって、まだたぶん五、六歳にもなっちゃいまいさ。アムネリス王妃の侍女らしいってことは、どんなに早くもモンゴールの将軍になってからのことだろうからな。だったらまあ、まだいいとこ、一番いってるとしても三、四歳だろう。だがそれでも、立場的にはドリアン王子よりも年は上、兄貴ってことになるわけだからな。まったく、厄介なことがおきてくれるよ」

「ですねえ。ようそろ、俺がいって様子をみて——で、その子と母親をユエルスから受け取ってイシュタールへひそかに連れてくればいいんですね」

「そういうこった」

「お安い御用です」

「ひさびさに動いてもらうのにそんな下らねえ用ですまないねえ」

「とんでもないです。俺らはみんなずっと心配してたんですよ。おやじさんのことこそ」

「俺を、心配？　なぜだ？」

「そりゃ心配しますよ。だって俺たちよりか、ずっと、おやじさんのほうがこんな暮しっぷりにゃ、向いてないじゃあありませんか。——文官の政治家暮らしなんてさ。昔からみたら想像もつかないですよ。カメロン提督が船にも乗らず、海もみえないところで毎日机に向かってるなんて。せめて戦場にさえ出てねえなんてね。――たまに俺たちと飲むことさえもうこのところずっとなくなってたし――あれじゃおやじさんのうっぷんはたまるばかりなんじゃないかってねえ。みんな心配してますよ。ワンも、サムエルも、クンも、リースも。――オルニウス以来の連中はみんな、自分もいい加減鬱屈してるけど、おやじさんが一番心配だって――会えば必ずそういう話になりますからね」

「なんだ、そんなこと、話してたのか、お前ら」

カメロンは思わず顔をくしゃくしゃとゆがめた。いまさらのように、あまりにもかつてのおのれと異なる境遇に入り込んでしまった自分のこと――その自分に、ずっと忠誠を尽くしてくれているドライドン騎士団のものたちのことが思いやられた。

「そりゃそうですよ。いまみたいな立場なんて、おやじさんがやりたくてやってることじゃない、ってのは我々が一番よく知ってるですからね。政治家なんざ、おやじさん、ヴァラキア宮廷にいたころから、一番お嫌いだったじゃないですか。裏表とかけひきばかりで、何ひとつ実のないやつらだって。――それがそんな、ゴーラ宰相なんていう立場になっちまって、おやじさん、どんなにか不本意だろうとねえ――まだしも俺たちだって、陸でもいいですから、戦えたほうがいいんですけどねえ、でもまあ……」

「何だ、いってみろ」

「いまのゴーラ軍で戦うのはちょっとね……」

「ああ」

いくぶんぎくりとしてカメロンは云った。

「そう――だな」

「あまりに残虐すぎる……って、評判、ですからね。殺し方にせよ何にせよ。我々ドライドンの連中にそれを求められても困るんで、我々はどちらにせよ陛下の旗下として戦うことは出来ないだろうって云ってるんですが――おやじさんが戦場に出てさえいりゃあ、我々も何も迷うこともためらうことも辛いこともないんだが」

「お前たちにも、いろいろとんだ迷惑をかけてるんだ。もとをただしゃあ俺の我儘からだ、すまねえなあ」

「そんなのはもう、何年も前にケリのついたことなんだから、海の兄弟、何も云いやしませんがね」

ブランは首をふった。

「せっかく久々に――なんだかもとのおやじさんに久しぶりに会えたような気がしたので、ついでに云っちまいますが……このゴーラの国ってのも、あとどのくらいもつんですかねえ。――いや、いまんとこは、もちろん、なんとかおさまってますよ。でもこれは、すべておやじさんあってこそのことじゃないですか。――というか、おやじさんがひとりでなんもかも背負い込んで——あまりにも、理不尽というか……おやじさんひとりで何もかもしょいこみすぎてるんじゃありませんかねえ」

「俺がか」

「そうですよ。肝心かなめの王様はあっちこっち好き勝手に遠征して戦争を探し歩いてるような状態で、留守を守って国をおさめてるのは実質的にはカメロン宰相だ、って誰もが知ってますよ。——そりゃ、おやじさんは政治家が嫌いでも、政治家としてもとても有能だから、まあ国はかえって腕白陛下がやってるときより、うまくいってるのも知ってますけどね。でも、そんなのって、おやじさんの本意でもなければ、やりたいことでもねえでしょう。——おやじさんは、そもそも、何がやりたくて、ヴァラキアを捨てたんですか。——なんか、いまのこのゴーラにいて、俺たちも、いったい俺たちはなんでここにいるんだろうなって、なんかいろいろと考えちまってね——これは、どうも、たいへん、余分なことを喋っちまいました。さっそく、人数をつのってモンゴールに出向きます」

「………」

ブランと話して、ちょっとだけ気が晴れたつもりでいたが、ブランが去ったあと、カメロンはかえって、むっつりとひげを嚙んで考えこんでしまった。

(俺のやりたいこと……)

（おやじさんは、そもそも何がやりたくて、ヴァラキアを捨てたんですか。——俺たちはなんでここにいるんだろうなって……）

云われずとも、そのことは、カメロンにとっては痛いほど日夜身にしみて感じられていることだ。

イシュトヴァーンのために尽くしたいと、ヴァラキアの海軍提督として嘱望され、ヴァラキアでも国の重鎮になりかけていた身をあえて、たいへんな困難と哀願をふりきって故国を捨ててモンゴールのイシュトヴァーンのもとにおもむいた——その思いにはいまも何のかわりもあろうはずはない。

いっときは、イシュトヴァーンの変貌ぶりに、かなり心が冷えて、（もう、俺の愛したイシュトヴァーンはここにはいないのだろうか……）と思うところまで、気持が冷却してしまったこともあった。イシュトヴァーン自身が激しい迷いと、深い葛藤のなかに我を見失っていたような時期だ。そのときには、いっそこんなことをしていても何にもならぬし、イシュトヴァーンの信頼も失った以上、ドライドン騎士団だけを連れてここから出てゆこうか——ヴァラキアにはいまさら戻れぬ身ゆえ、船の一艘も買って、いっそレントの海の海賊暮らしでも好き勝手にやってのけようか、などとあてどもない夢をみたこともある。

だが、その後、イシュトヴァーンとの関係は少しはもちなおしていたし、イシュトヴアーン自身も、またかなり立ち直ってきたきざしをみせていて、そのことにカメロンはおおいに期待していた。そうなると、おいそれとイシュトヴァーンを捨てて立ち去る、というようなことは出来ない。

また、イシュトヴァーンのほうは、カメロンがいっとき、そんなふうに気持が冷えたことがあったなど、おそらく夢にも気付いてないか、気付いていても、なかったことにしてしまっているに違いない。それが――多少の現実逃避をしたがるのがイシュトヴァーンの悪いくせだ。

その上に、いまのイシュトヴァーンは、当人がそう意識しているかどうかはともかく、カメロンに頼り切っている。カメロンに依存しきっている、といってもいいくらいだ。本当ならば、ブランのいうとおり、モンゴールで内乱がおきたくらいでは、いまのイシュトヴァーンは、国をあけてよいような立場ではない。ゴーラはまだまったくの新興国家で、中原中心部ではいたって立場が弱い。その上、強引に僭王として国を建てた立場上、まだまだゴーラ内に、旧ユラニア勢力の反発と不平は完全になくなった、おさまった、というわけでもない。もう、旧ユラニア大公家がほぼ完全に消滅したいまとなっては、ずっと遠い血筋の誰かれや、もっとずっと身分の低い誰かれをかつぎだして反乱をおこすことなど、むだだし、イシュトヴァーン軍は少なくとも武力だけはかなりつけてきているから、一応治まっているように見えるが、いったん火がつけばどっと燎原の火のように燃え広がるだろう、とカメロンはひそかにあやぶんでいる。

(俺がもし……本当に野望をもっている悪党だったら……いまならとてつもない好機だと見るんだが……)

自分なら、モンゴールの内乱組とわたりをつけ、ユラニアの残党をとりまとめて、そして、モンゴールとユラニアで一気に反ゴーラの反乱の火の手を起こさせるだろう。クムにひそかに後押しさせることも可能だろう。クムは、次にゴーラの手がのびてくるとすれば自国ではないかという疑惑をつねにもっていて、ゴーラに対する対応はかなり警戒的だ。

(もしそうされたら、いまのゴーラなんか、イシュトと俺以外に武将らしい武将なんてひとりもいねえんだ。あっという間に足元から崩れる)

それが心配だから、わざわざ自腹を切ってドライドン騎士団の諜報部隊を送り込み、モンゴールにも、旧ユラニア勢力の動きにも、警戒をおささおこたらないのだ。本当は、それはイシュトヴァーンのすることであるはずだ、とカメロンは思っている。だが、イシュトヴァーンはそこまでは気が回らないようだ。というより、とにかく目の前にいくさがあると、イシュトヴァーンは夢中になって飛び出していってしまう。兵をひきいて、自分が戦う、ということが、イシュトヴァーンの最大の満足であり、また、手応えなのだ。

(手応えだけ求めたところで、どうなるもんでもないんだが……)

そうしているあいだは、つねに国もとはカメロンがあずかることになる。もう、面倒くさいし、そういうことについてはイシュトヴァーンはあまり何の注意も払わないこともわかったので、一応かたちばかりの許可は得た上ではあったが、今回の遠征のあいだにカメロンはかなりゴーラ政府の組織の整備をすすめ、自分自身が動かしやすいように、かなり改革を断行した。そのおかげで、アルセイスもイシュタールも相当にすっきりしたし、それで旧ユラニア勢力もかなりおとなしくなった——カメロンの独断で、旧ユラニアである程度地位のあった貴族や武将、文官などを相当に登用し、ただし自分のやりかたを守ってもらうよう、きびしく条件づけ、だが厚遇して、旧ユラニア側の不満をも封じたのだ。

(本当は、そうやっておさめるんだったら、モンゴールだって、武力で鎮圧しないほうがいい……)

どうせ、武力で弾圧するのなら、徹底的に、反抗勢力を根こぎにしてしまうほかはないし、それは不可能である以上、懐柔して味方にとりこみ、なだめすかしてこちらのものにしてしまうほかない、というのがカメロンの考え方だ。

(海だって……嵐の日に乗り切る方法と……凪の日に航海する方法と……荒れちゃあいるが、かえってその風を利用してぐんとはかのゆく航法だの——いろんな手練手管があるんだからな……）

だが、皮肉なことに、イシュトヴァーンがいなかったおかげでそのへんのこまかな改革はぐんと進んだ。イシュトヴァーンはとかく、そういうこまごましたことを面倒がる。イシュタールを作るにあたっては、珍しいほどに一生懸命こまごまと相談したり、建築家と打ち合わせたりしたが、それはよほどイシュタールの建築に燃えていたのだろう。組織がどうの、手続きがどうの、ということになると、すぐに血相をかえて面倒くさがって席を立ってしまう。

その留守のあいだだったので、かえってやりやすくはあったが、しかし、（これじゃあもういっそのこと——俺が治めてるほうが話が早いくらいになっちまったな……）とは、ひそかにカメロンは思っていた。もっとも、もちろん、自分がイシュトヴァーンにとってかわってゴーラ王になろうなどと思いさえしたことはない。そんな面倒くさいことはまっぴらだ、と思っている。

ただ、困ったことにカメロンにはそういう能力もあるのだ。——まずはゴーラの国庫の力づくり、留守部隊を扱いながらのゴーラ軍制の整備、税制の見直し、地方統治の原則づくり——などなど、やらなくてはならないことはたくさんあったが、カメロンが手をつけたことは、どれもこれも、てんやわんやの状況に見えつつもしだいにちゃんと運びはじめている。それも当然で、カメロンのほうは、ちゃんと、「こうすればどうなるか」という見通しをもってやっていることだ。

（これでイシュトが帰ってくればゴーラは見違えるようになっている――よっぽど、感謝してもらわなきゃ、あわねえんだがな……）

本来は、そんなことは向いてもいないし自分の任務でもない、と思ってもいる。それでも、あえてやっているのは、他にやるものもいないし、しないままでいたらこの国はすさまじいままだろうし――それに、あえていうなら、やはりイシュトヴァーンが可愛いからだ。

（ひとの気も知らないでな……）

以前ほど、イシュトヴァーンに対して気持は冷えてはいなかったし、怪我をした、ときいて血相をかえ、心臓が止まるような思いをするくらいには、イシュトヴァーンへの愛情も残っていたが、しかし、こうしてイシュトヴァーンがずっと留守にして好き勝手にいくさばかり探し歩いていて、そのあいだずっと自分が留守を守りながらゴーラを整備している、ということになると、さいごには、この国は、事実上は（俺のものになっちまうぞ――）と、カメロンは思うのだった。また、カメロンは、困ったことに、人望を集める術に非常にたけている。

（あんまり、俺にだけ人望が集まったり、俺がものすごくこの国にとって必要な重鎮だ、というようなことになりすぎると――あいつの性格は……）

イシュトヴァーンがそれで不安になってしまったりすると、それもまた非常にまずいことになる、と思う。

いっときは、イシュトヴァーンは、愚かしくも――というよりもいったいどんな妄想にとりつかれたのか、自分がそうして国元を留守にしているあいだに、こともあろうにカメロンと妻のアムネリスが不倫を働いているのではないか、というような妄想をたくましくしていたこともあったようだ。そのときはさしものカメロンも、席をけって飛びだそうかと思ったこともあった。だが、アムネリスのほうは、どうやら、決してそれはイシュトヴァーンの妄執だけではなく、カメロンのことは憎からず思ってもいたらしい。

（それもこれも――過ぎたことだが……）

（俺は……イシュトのために、まともな家庭をもつこともなく――部下どもも泣かせ、やりたいことが何だったのかもわからなくなりながらも――こうして、こんな内陸の、本来なら何のかかわりもなかったような都市のなかで、ひたすら働きながらだんだん老いぼれてゆくってわけかな……）

それも、あまりにも不思議ななりゆきだとはいえ、それもこれも人生だろうか、とは思う。だが、思ってみても、どこかに微妙に割り切れぬものはある。

（くそ……海が、見てえな……）

こんなときに、イシュトヴァーンは、馬をかりたてて、いくさに飛び出していってしまいたくなるのだろう。

だが、カメロンは飛び出していってしまうわけにもゆかぬ。

(たまには……俺も、最前線に出てみるか——今度はイシュトも怪我をしてこちらに戻ろうとしているのだし、イシュトが戻ってきて、またなにかそういうことがあったら今度は——お前が留守を守ってろ、俺が戦ってくる、といってやろうかな……そのほうが、気が晴れるかもしれねえしな……)

からだがなまったりしないように、訓練のほうはおさおさおこたりないつもりではあるが、実戦のカンなどはどうしてもなまってしまうかもしれない。それに困るのは、カメロンは戦場に出てもまったく困りはしないが、イシュトヴァーンのほうは、カメロンのかわりに机の前に座っていても、文鎮ほどの役にも立たないだろう、ということだ。

(なんだか、妙な袋小路におさまっちまって——)

海が恋しい、とカメロンはふいに切なく、やるせなく思った。ときたま思っていることではあったが、最近は、そのように強く感じたことはなかった。遠くでドライドンの波音がかすかにきこえてくるような気がした。

3

カメロンのもとに、次の、ドライドン騎士団の別働隊からの使者が到着したのは、その二日後であった。

「ユエルス隊長が、戦死されました」

もたらされた知らせは、カメロンにとっては、かんばしいものではなかった。

「何だと」

「他に、ユエルス隊の二騎も死にました。——手にかけたのは、ケイロニア王グイン」

「何だって」

今度の知らせの衝撃は大きかった。カメロンは机の前で立ち上がった。

「何故、そこに——グインが……」

グインが、パロ内乱鎮圧戦のまきぞえをくって、古代機械がらみのえたいの知れぬトラブルにあい、行方不明になった、という奇怪な話は、イシュトヴァーンからも、またイシュトヴァーンの側近としてつけてあるドライドン騎士団の精鋭からも、当然きかされている。

また、そのグインが、なぜかノスフェラス周辺にあらわれ、そしてルードの森でイシュトヴァーンの、モンゴール内乱鎮圧の遠征隊と出くわして、いったんは虜囚になった、ということも、そしてそのグインとの戦闘によってイシュトヴァーンが大怪我を負った、ということも、むろん詳細に報告は受けている。ただ、その場にいたわけではないカメロンには、いったいなぜグインがそこに突然あらわれたのか、ということも、どういういきさつでイシュトヴァーンの虜囚となり、どのようななりゆきでイシュトヴァーンがグインによって負傷させられる結果になったのか、ということも、マルコやおのれの部下の報告を何回読み返しても、いまひとつ得心のゆかぬものがあった。それは、あまりにも突然な出現であり、あまりにもまた、理由の知れぬ戦闘であるようにしか、カメロンには思われなかった。

（あの――古代機械とかいうもの――俺はあんまり、そんなもの、信用したこともないし、なにやらパロらしい、まゆつばな話だな、とも思っていただけのことだったが――）

（報告を信じてそれをみな結びあわせるとすれば――その古代機械とかいうものは、人間を遠くまで一瞬にして飛ばしてしまう魔道の機械であるらしい――そして、かつて、黒竜戦役のさいに、パロの王位継承権者であった王子レムスと王女リンダもその機械に

よってあやういところを逃れた、という話もきいたことがある——嘘か本当か知らないが）

（とすれば——グインが、ノスフェラスに突然あらわれたというのも——確かリンダとレムスもノスフェラスだか、ルードの森だかそのあたりにあらわれたというから、もしかするとその機械だか魔道機械だかは、パロの宮廷から、ノスフェラスへの秘密の通路みたいなものなのかもしれぬ）

（だが——それで、イシュトはどうやら、グインがその魔道機械によってノスフェラスに飛び——モンゴールの反乱軍と手を結び、というよりもケイロニアがモンゴール独立軍のうしろだてとなろうとしていたのではないか、と疑っていたらしい。そう、マルコからの報告がいっていた……それも、俺からみると、ケイロニアのあれだけ強固な伝統ある《他国内政不干渉主義》とどう折り合いをつけるのか、まして……）

（そうだ、まして、モンゴールの内乱をケイロニアが手助けすることに、いったいどのような利益があるのかと、はなはだ疑わしいところなのだが……）

それについては、いくら頭を絞ってみても、カメロンには、自分自身が納得するような強烈な動機付けが出来ないままでいる。あれやこれやと、しいて屁理屈をつければ考えられないわけではない。だが、それはカメロンの論理的な頭脳からは、あまりにも、あれもこれも無理が多すぎて、いやしくもケイロニア王グインともあろうものがとろうとは思えぬようなものばかりなのだ。グインについては、カメロンも、直接会ったのはひとたびだけにせよ、その行動の軌跡などから、当人の人となりはカメロンなりに理解している、と思っている。そのカメロンの理解するグインというのは、みかけの神秘的なところとは裏腹に、あまりに大胆であるがゆえにときとして奇策とも見えても、じっさいには驚くほど論理的にしか行動しない男だ。その大胆さそのものがきわめて論理的なうらづけに基づいているから、成功するのだ、とカメロンは考えている。

(そう——だから、いま……たとえイシュトヴァーンをつぶそうとグインが——あるいはケイロニアが思ったとしても……ゴーラとイシュトヴァーンをいまのうちに叩こうと思ったとしても……それはたぶん、モンゴール反乱軍と手を結ぶ、などというかたちでは出てくるまい——そのぐらいだったら、俺がグインだったら、俺はむしろクムと結ぶ……むろんモンゴール反乱軍ともわたりくらいはつけておくだろうが、そのためにグイン当人が出馬する、などというのは見当違いもはなはだしい——そもそも、あのハラスの内乱は、俺は、『放っておいたほうがいい』と口をすっぱくして、イシュトに云ったのだ。かまえばかえって事を大きくする、そのていどのものにしかすぎぬから、と——結局イシュトはきかずに、それをふりきって、戦いたさだけでモンゴールへ遠征してしまったのだが……)

(それゆえ、イシュトがグインに負傷させられた、ときいたときには、俺は非常な衝撃を覚えたが――ずっと、俺は、グインが、イシュトに関しては、明確な味方ではないまでも、かなり親しい気持を持っている、と理解していたのだが、それが違ったのだろうか――）

（わからぬ。このところ――というか、パロのクリスタル・パレスから失踪して、そしてノスフェラスにあらわれてからこっちのグインの、報告によってところどころかいま見た軌跡だけを分析すると――なんだか、これまでのケイロニア王グインとは同じ人物とは思いがたいくらいに――迷走している、とはあえて云わないが、行動にとりとめがない――つじつまがあわぬところがあるような気がする。まるで――）

カメロンは、ふいに、おのれがひどく奇妙なことを考えたことに、ひとりで苦笑した。

（まるで《別人》ででもあるかのようだ……）

そんなことが、ありうるわけはない。

そもそもあのような見かけをした人間が、この世界に二人とはいるはずとてもないのだから、まずグインくらい、そんなことを考えるのがむなしい相手はそうはいないだろう。あの豹頭はとうてい偽造などできるものではない、というだけではない。その体格、その態度物腰、その喋りよう、その戦闘能力、その体力、ほかのすべての能力――何から何まで、グインという存在は、他の人間が化けようと思って化けられるようなものではないのだ。

（まして、イシュトを――負傷させるなどという……そんなことが、グイン以外の誰に出来ると……）

いま、イシュトヴァーンはまさに戦士としての盛りにある。そして、世界一の狂戦士としての名声――あるいは悪名をもほしいままにしはじめている。それに立ち向かうのは確かに、ただひとりケイロニア王グインひとりでしかないだろうが。

（だが――なぜ、グインが、イシュトを……）

唐突にルードの森にあらわれた、というのもだが、イシュトヴァーンの虜囚となり、それから、イシュトヴァーンと戦って負傷させた、という、そのグインの動きもこれまでのグインの行動からみるとあまりにも不可思議に思われる。

（だが、あの男だけは油断がならぬ。――たぶん、あのユラニア遠征にしても、最初は――そうだ、あとからふりかえってみればまったく理にかなった行動、しかもきわめて大胆不敵な行動にしか思われないが、その途中でみたら、誰もが、グインは頭がおかしくなったのかと思ったのかもしれぬのだ。――俺がいま、ひどく不安にかられているのはもっぱらそのせいだろう。――あの男のやることだ。もしかしたら、きわめてめちゃくちゃに見えて――その奥に、さいごに決まったときにはあっと驚くようなワナが、驚くべき巨大な成果が一瞬にしてあらわれてくるという、そういう何かがあるのではないか――いまの俺にでは想像もつかぬような驚くべき何か……）

(だとしたら、それが怖い。それが、ケイロニアを代表しての動き――グイン個人の動きではなく、アキレウス大帝も承知の上で全権をまかせられての動きだとしたら、なおのこと、怖い。――それは……もしかしたら……)

カメロンはくちびるをかみしめた。

(一番恐しいのは、ついにケイロニアが、ゴーラ目障りなり、早めに消滅すべし、と決断を下した、という場合だ。――そのときには……俺が……ゴーラ軍をひきいて、ケイロニアとのたたかいの陣頭に立たねばならなくなる)

(もしかして、これすべてが周到に計算されつくしたグインのワナであったら――大変なことになる。グインはノスフェラスにあらわれ、そして偶然のように見せかけてモンゴール反乱軍を助け、そしてイシュトを――本当は殺すつもりであったのが手がそれたか、情けがかかったか――それで負傷させ、足止めさせて――その間にケイロニア軍がゴーラ本国を襲う――そのような計略をたてられたら、ゴーラはおしまいだ――俺は陸の軍人じゃあないし、いまゴーラ軍の――中核となる精鋭はイシュトが連れていってしまっている。いま残されている部隊だけで――しかも世界最強を誇るケイロニア十二神将騎士団を受け止めることなど、どうして出来ようか……)

(なんてことだ……だが、そうだと決まったわけじゃない。だが、もしそうでないのだったら……いったいなぜ……)

だが、それにもまして、わからぬこともあった。

「ケイロニア王グインが、単身ユエルスたちを斬り殺し、そしてユエルスの報告にあったアムネリス王妃の侍女と——その連れていた子供を連れ去った、というのだな？」

「はい。これはその場におりましたユエルス隊のローン直接の報告をルーエン隊長が受けておりますので、絶対に間違いはございません。ユエルス隊は先にユエルス隊長がご報告申し上げましたとおり、閣下の御命令どおり《風の騎士》と名乗る仮面の騎士率いる反乱部隊に潜入中、イシュトヴァーン陛下の隠し子と思われる幼児とその母親を発見いたしましたので、その母子をいったん収容し、ともあれ安全に身柄を確保すべくボルボロス砦の駐屯部隊に援軍と馬車などの応援を要請いたしました。しかるに、このボルボロス砦の小隊が母子とそれを保護していたユエルス隊を収容せんとしたところにまさしくケイロニア王グインとみられる豹頭の一騎があらわれ、ユエルス隊長以下三人の騎士、ほかにもボルボロス小隊の何人もを切り倒し、そして馬車を奪い、その馬車にのせて、母子ともうひとり一緒にいた者を連れ去った、というのがローン騎士の報告であります。そのもうひとり、というものはローン騎士の報告では身元が判然としておりませんが、吟遊詩人の格好をしていたということです。また、グイン王はこの時点では単独ではなく、あとから援軍であるらしい何人かの騎士があらわれてきたが、それはローン騎士の見たところでは、その《風の騎士》率いる《光の女神騎士団》の者たちのように思われた、ということでしたが、これは確認済みではない、とローン騎士がいっております」

「…………」

それもまた、カメロンにはきわめて衝撃的な言葉であった。

(グインは……確かハラスというあの若者が率いていた、トーラスを中心とするモンゴール反乱の一味だけではなく……俺があやしいとにらんで捜査させていた、《風の騎士》の一団とも、手を組んでいたのか……)

そうだとすると、いよいよ、グインが、というよりも、ケイロニアが、『ゴーラつぶし』のために乗り出してきて、グインは王の身でありながら尖兵としてそのような隠密行動をとっていた、ということなのだろうか。

(困ったな……俺がいま、この世でまさに一番戦いたくない相手がいるとしたら、それが――グインなんだが……)

だが、もしも戦争になるのであったら、そんなことはいってはいられない。

(まあ……そうなればなったで――あんな世界一の戦士と戦って、敗れて死ねるのも名誉のうちと割り切って――俺が死ねばいいんだが……)

それにしても、まだカメロンにはグインの行動が理解しがたかった。

(だが――ハラスを救うまではまだしも……なぜ……イシュトの隠し子を……)

一緒にいた吟遊詩人、というのも気になりはするが、それよりもイシュトヴァーンの子供のほうだ。

（ケイロニア王たるグインがなぜ……イシュトの、しかもこれまで知られていなかった隠し子を……連れ去ったのだ？）

反乱軍ならばまだしも、グインのような武将が、イシュトヴァーンの隠し子をよりによって人質にとって、おのれの戦争を有利に運ぼうとするだろう、などとは、カメロンには信じがたい。だが、そうするとカメロンには、グインのその行動の動機がいよいよわからなくなってしまうのだ。

（それに、なぜ——グインは知っていたのだろう。イシュトのその——子供のことを……）

自分とても、いまはじめて知らされたことだ。また、ユエルスの前の報告から察するに、その隠し子を生んだ女は、山間に身をひそめて、ひっそりと誰の目からも隠そうとしながら、イシュトヴァーンの子供を女の細腕ひとつで育てていたらしい。べつだん、その背景に、ケイロニアだの、ほかの勢力がからんでいた、というようなことではなさそうだ。

（だが……）

カメロンは考えれば考えるほどに、わけがわからなくなった。

「ユエルスは、その——イシュトの、いやイシュトヴァーン陛下の子供のことを、ボルボロスの砦の守護隊に告げて援軍を頼んだのだな？」

「いえ、それが、そうではないようです。ユエルス隊長は非常に慎重なかたでしたので、女と幼児を連れてではとても長旅は騎士五人の馬に乗せては乗り切れぬ、とみて、ボルボロス砦で馬車と護衛の小隊を頼みはしましたが、その内実についての判断は、カメロン閣下のご指示をあおいでからとするのが、ドライドン騎士団の義務、と心得ておりましたので、その真実については、ことばを濁しておりました。ボルボロスの軍勢が動いたのは、閣下がイシュトヴァーン陛下よりたまわっている、カメロン宰相の名において焦眉の要請あるときには、これをイシュトヴァーンの命令と等しいとみなすべし、というお墨付きが、各駐屯部隊にゆきわたっていたからです」

「ああ」

カメロンはうなづいた。ドライドン騎士団を使いこなすにあたって、カメロンがもっとも案じていたのは、イシュトヴァーンの正規軍とのぶつかりあいであったので、通常はドライドン騎士団は一切ゴーラ騎士団とは抵触せぬように独自の行動をとる——ただ、カメロン、ないしカメロンの信頼するドライドン騎士団の者が、緊急事態として要請したときには、必ずそれを認めてほしい、とかねてイシュトヴァーンに申し入れて、それは快く受け入れられていたのだ。それはイシュトヴァーンのカメロンへの最大の信頼のあかしであったから、カメロンにとっては、非常に大きなものであったし、これまでは、その信頼のあかしをこうして直接使う局面にいたったことはまだなかった。

「それに、ユエルス隊長は、きわめて慎重で——その母子を砦外に待たせておいたまま、馬車とそして援護の小隊を借りるためにボルボロス砦へ使者を出されましたので、ボルボロス砦の駐屯部隊のほうは、その母子というのが、何かイシュトヴァーン陛下にかかわりのある、ゆかりの者である、ということは話のようすから察していることとは思いますが、本当にはどのような関係のものなのか、ということまでは——おそらく、わからずにいることと思います」

「ということは、イシュトヴァーン陛下のほうへは、まだこの知らせはいっていない、という可能性もあるわけだな？」

カメロンは確かめた。使者はうなづいた。

「しかし当然、ボルボロスから派遣された部隊も死傷しましたので、それについての報告はボルボロス砦にも参りました。それゆえ、ボルボロス砦からはただちに追撃隊が組織され、出動しましたので——私はそれを見定めてからローン騎士の報告書をもって砦を出立いたしましたので……」

「そんな、国境警備隊の駐屯部隊の一個大隊やそこいらで、ケイロニア王グインがたやすくとらえられたり、殺されたりするはずがない」

思わずカメロンはつぶやいた。

「それは……グインのことだ、おそらく、たやすく逃げ切るだろうが……そうなれば……」

そうなれば、ボルボロス砦でも、異常事態を察して、ただちにトーラスでそろそろ、傷のようすをみてイシュタールにたとうとしているイシュトヴァーンのほうへも、この知らせは飛ぶだろう。

（イシュトは、おのれを負傷させたグインの行方を当然捜しているはずだ——その手がかりがあったときけば……負傷がかなりよくなっていれば、いつものイシュトなら自らグインをおさえにボルボロスへ飛んでくるだろうが、さすがに負傷後では……どうするだろうな、まだいまのイシュトの体調については、一番新しい報告はまだ四日ばかり前のものでなんともいえないが……）

そのときの報告では、イシュトヴァーンはタルフォからいったんトーラスに戻り、トーラスでモンゴール反乱軍をとりとめるよういくつかの工作をしてから、とりあえず可能なかぎり早くイシュタールに戻ってくる、というつもりであったようだ。その意志をくつがえした、という報告は、いまのところきていない。もっとも、トーラスからイシュタールは遠い。もしかしたら、その知らせをもった伝令の早馬はいまごろ、トーラスからイシュタールへの街道をいっさん走りにかけているかもしれないし、そのうしろからまた、トーラスを出たばかりの伝令が、イシュトヴァーンがグインを追ってモンゴール南部へ追撃を開始した、というような知らせを持って走っていないとも限らない。

（やれやれ……いますぐ、この身がトーラスへ――それともそのボルボロス砦へとんでゆく方法があればよいものを。――そう考えると、その魔道機械とやらいうもの、人間のからだを一瞬で――かどうか知らないが、かなり素早くクリスタルからノスフェラスへ移してしまう、そんな魔道の機械があればいいのにと考えたナリス王やパロの魔道師たちの思いもよくわかる気はするのだがな……）

だが、カメロンは、現実的な沿海州の人間だ。沿海州では、海の神や船霊《ふなだま》、船幽霊などはごくあたりまえに信じられているけれども、魔道だの、占いだのについては相当にあいまいな立場をとっている。草原のものたちよりは、多少魔道に対しては許容するが、とうてい魔道の国パロのように魔道が近しくは思われない。

（まあ、そんなことを考えていてもしかたがない）

ばかげたことだ――とカメロンは首をふった。

「では、だが、いまのところボルボロスでは、はっきりとした証拠というか……報告は受けていないわけだな、その母子の正体について？」

もう一度、カメロンは確かめた。

「さようでございます。私の知る限りでは、そのことは、ユエルス小隊の内部のみの重大機密として維持されております」

「さすが、わがドライドン騎士団の精鋭だ」

カメロンはそっと、グインに切られたという、ユエルスたちのために、ドライドンの聖句をとなえた。

「――わかった。もういい、下がれ。しばらく休んで、通常任務に戻るがいい」

「かしこまりました」

「あちらには、ローンとあと誰がいる」

「ローンどのと、あとはもう、ユエルス小隊からはサイス騎士だけです。それと、その騎士たちの斥候伝令としてお供している小者が三、四人ばかり。いまのところはそれらの者は皆ボルボロス砦におりますので、あらたな動きがあったら、ローン殿からルーエン隊長へ知らせてくると存じますが。ルーエン隊長はおのれの小隊を率いて移動中で、閣下の御命令をお待ちしております、とのことです」

「わかった。それについては別に使者を出す」

伝令をさがらせると、カメロンは、本格的に、胸に腕を組んで考えこみはじめた。考えなくてはならぬこと、よくわからぬことがいくらでもあって、カメロンを当惑させた。

(どうしたものか……)

だが、そのなかでも最大のものは、(イシュトヴァーンに、おのれにもうひとり王子がいる、という事実を知らせたものかどうか……）ということであった。

それは、せんの、その母子のことを知らせるユエルスの伝令がきて以来、ずっとカメロンは考えに考えこんでいるが、いまだに結論が出せないままであるのだ。ひとつには、カメロンには、その知らせが、イシュトヴァーンにどのように受け取られるのか、吉と出るのか、凶と出るのか、それの見当がまったくつかない、と思えるのだった。

（イシュトは……親子というものに、かなり特殊な……病気というか、発作を持っているからな……）

生まれたばかりのドリアンを無理矢理にその腕に抱かされたイシュトヴァーンが、やにわに激烈な発作をおこしてその赤児を投げつけてしまおうとし、あわててとめられたものの、居間に戻って激しく嘔吐してしまった、その一部始終を見ていたカメロンには、その衝撃も生々しい。

（あいつは……たとえ誰が生んだ子どもでも、おのれの子、血をわけたおのれの子、と考えることがおぞましいのか——理解できないのか？　それとも、あれは……アムネリスの子供だったからか、それとも、あまりにも急に、何の心の準備もなしに見せてしまった俺が悪かったのか）

いずれにせよ、ドリアン王子については、イシュトヴァーンは、そののちだいぶん、気分をやわらげ、モンゴール大公にすることを認め、むしろ自分からモンゴール内乱をおさめるための方法として推進しはじめたとはいいながら、それはあくまでもモンゴールの内乱をしずめるための方策にすぎない。ドリアンに対して、「はじめての自分の息子」としての愛情がわいてきただろう、などとは、とうてい期待出来ない。むしろ、それぎりずっと遠く離れて顔も見ていないのだから、それで落ち着いているだけなのかもしれない。それとも、しだいにその事実が受け入れられるようになってきて、次に会ったら可愛いと思ってやれるようにまでなっているのか。それも、むろん、カメロンにはどうにも予想のしようもない。

（なんて、不幸な話だ——親も不幸だが、子供のほうがもっと可哀想だ……ドリアンには何の罪もないものを……）

カメロンには、そのような状態を思えば思うほどいっそうドリアンに対してふびんがかかるのだった。

4

しばらく、あれこれと思い悩んでいたが、カメロンの結論は出なかった。というよりも、いまの状況で、カメロンが一人でいくら考え抜き、知恵を絞ろうとも、イシュトヴァーンの反応も予測できぬのだ。カメロン一人で結論の出せようはずもない。

(所詮、いまこのイシュタールで俺一人がくよくよと考えてみても、無駄なことだ……)

そうと、思い決めると、だが、いっそのことカメロンは少しすっとした。もともとがさっぱりした気性の船乗りの元締めだ。そうやって一人で、まだ起こってもおらぬ、まだどうなるかもまったく知れぬ、未確定の要因が多すぎる事柄をくよくよと思い悩むようなことは、本来はまったく意にそまぬ。性にもあわぬ。

(ともかく——イシュトが戻ってきて……ちょっとはものごとが落ち着いて、すべては——それからだな……)

それまでにだって、やらなくてはならぬことはむしろ山積している。

本当は、カメロンは、いっそ自分のほうが誰かに留守を預けて、モンゴールへでも、トーラスの都へでも、あるいはどこか知らぬがその、グインがひそんでいるのかもしれぬ山中へでも遠征してしまいたかった。イシュトヴァーンは、ずるい、と思う。こうしてあとに残っている者の煩悶や不安、それを噛みしめながらじっとただ待っているようなことこそ、イシュトヴァーンには何があろうと不可能な芸当だろう。

（だからといって――俺だって、不得手なんだ、そんなことは……）

いっそ何もかも投げ出してしまいたい、と何回思ったか知れぬ――

カメロンはげっそりしながら考えた。イシュトヴァーンがゴーラに――イシュタールにいるときでも、そう思ったことはあったし、（もう、自分はここにいる必要はないのではないか）とつくづくと思ったことも何回となくある。また、いる必要がない、というよりも、むしろ、自分がここにこうして宰相としていることが、逆にイシュトヴァーンにとってとてもよくない効果をもたらしているのではないか、と案じたことも数知れなかった。

（イシュトは――もともと、甘え心が異常なまでに強い――しかも、甘えさせてくれるとなると、その相手に対してことさらかさにかかって高飛車に出る――それは、わかっているが……）

自分がここにこうして、いろいろなイシュトヴァーンの尻拭いを全部してやっていることで、イシュトヴァーンは新興の、しかも荒っぽい方法で中原の舞台に躍り出た国家が経てゆかなくてはならぬ当然の試練を、国王としてしっかりと受け止めて呻吟しながら少しづつ改革し、忍耐強く中原にゴーラという国を認めさせてゆくかわりに、そうしたことがらをすべてカメロンにまかせて、自分は身軽に気に入りの親衛隊と兵士たちを率いて西に東にと遠征を続けている。本来なら、カメロンのような、人望もあつく、またイシュトヴァーンよりもずっといろいろなものごとをきちんと出来る宰相がいなかったとしたら、まだ出来上がってからいくらもたっていないこのような国家――しかもあのような成立のしかたをした国家が、唯一その国を支えている国王を遠征に出して国内にいないまま、ものの一ヶ月と秩序を保っていられるはずもないのだ。

（そのことを、もっと認めてくれと――いうわけじゃないが……）

子供ではあるまいし、「自分がいなかったらどうするつもりなのだ」などとごねるつもりはない。

だが、それ以上に、カメロンは、自分がそうしてすべてを引き受けてやってしまっていることで、イシュトヴァーンを甘やかし、本来彼が直面すべきだったさまざまな試練や困難を、イシュトヴァーンから遠ざけ、イシュトヴァーンを間違った方向へと導いてしまっているのではないのか、という不安をおさえきれないのだった。

それを思うと、自分がすべてをなげうってイシュトヴァーンに残りの生涯を与えようと思ったこと、そのものがおのれのおおいなる間違いだったのだろうか、というなんともいいようのない悲痛な思いが胸にきざしてくる。

さいごにイシュトヴァーン自身から届いてきた手紙には、なんとなく、イシュトヴァーンが多少――いや、かなり心境の変化をきたしたような雰囲気が感じられた。だが、気まぐれなイシュトヴァーンのことだ。それとても、その後のほんのちょっとした展開でどうかわっていないとも限らぬし、また、その心境の変化も、カメロンがそうなってほしいと望むあまりに感じた、錯覚にすぎないのかもしれない。

(とにかく、イシュトには――まず、あの酒ぐせをなんとかさせなくてはならないんだが……)

すべてを投げ捨てて出ていってしまうことも出来ない――選び直すことも、自分で本当はこれが正しいと思うとおりにすることもできないのだ、と思うとき、カメロンはおそろしく八方ふさがりな思いにかられる。

そんなときには、カメロンとても、イシュトヴァーンならずとも酒にでも溺れてしまうことが出来たらいいのだが、と思わずにはいられないのだが、しかし、カメロンにはそれは不可能であった。

カメロンは酒が好きだが、いくら飲んでも乱れぬ。また、乱れる酒は大嫌いだ。船の上では、つねに、いつなんどき嵐なり、不測の事態が襲ってくるかわからない。どれほど酒宴にうつつをぬかしていても、いざとなった瞬間に、べろべろに泥酔していてさえ、しゃきっとなって立ち上がり、ただちに配置につけるだけの根性骨が据わっていないと、とうてい、七つの荒海の荒波を乗り切ってはゆかれないのだ。

長年、そうやって自分を厳しく律し続けてきたので、いまではカメロンには、どれほど飲んでも、泥酔して判断力を失う、などということそのものが、おのれの精神の《死》のようにしか感じられない。まして、まだ若い、愛するイシュトヴァーンがそうやって、不如意なこと、思うにまかせぬことがあるたびに酒に逃げ込み、酔いにうつつをぬかし、そうやって現実逃避をしようとしている姿を見るたびに、いっそうカメロンは、酒そのものをひそかに嫌悪したいくらいの気持になってきている。

なまじ、もともと酒が好きであっただけに、それはカメロンにとっては、ばかばかしいいたでもあった。だが、また、ここははるかな異国、カメロンにとってはつねに、ドライドン騎士団以外の人間たちはあらたにゴーラで知り合ったつきあいの浅い、本性の読み切れぬ、気の許せぬゴーラ人、旧ユラニア人に取り囲まれている場所である。くつろいで、旧友とゆっくりとつもる話でもしながら飲み明かそうと思っても、そんな相手もいない。ドライドン騎士団の幹部たちはカメロンには唯一の友ともいえたが、あいにくとみな年下で、目下で、カメロンを崇拝する部下である。その前ではおのずと、カメロンのほうも、とる立場が限られてくる。つまりは、カメロンには、いまとなっては、相談相手も、自分の内心を打ち明けてぐちをこぼせるような相手も、自分をくつろがせてくれる者とても、誰ひとりいないのだった。マルコはかなり年齢的にも他のものよりは上だし、ずっと自分の水夫長でもあって信頼していたのだが、いまとなっては完全にイシュトヴァーンにとられた格好になっている。いまやイシュトヴァーンが深く信頼し、だれよりも話し相手として重用しているマルコに、カメロンがイシュトヴァーンやゴーラについての懸念をぶちまけたら、それはマルコが板挟みになって困惑したり、苦しんだりするだけのことだろう。カメロンは、自分の可愛い部下にそんな苦労はかけたくなかった。

(まあ、それほど——女々しいわけでもないがな。まだ、てめえのことはてめえで処理できる……)

ただ、とにかく、この閉塞感だけが少しでもなんとかなってくれればいいのだが、と思う。カメロンにとっては、最大の問題は、「すべてを自分がやらねばならず、しかもそれでいながら最終的には何ひとつ自分では決めることが出来ない」ということであった。むろん、国内の政治向きのことなどについては、今日はいったいどこの空の下にいるかわからぬイシュトヴァーンの遠征先までいちいち伝令を飛ばし、伺いをたて、それが戻ってくるのを待って許可を得てものごとを行っていてはとうていやっておられぬから、ある程度押しきって、またかなりの部分は全権を委任された格好でやっているが、それでも本当に重要なことは、国王不在のさい、宰相の独断で決行するわけにはゆかないし、また、イシュトヴァーンはかなり気難しい。戻ってきてから、けっこう、あそこがこうだ、ここが意に染まぬとがみがみ云うだろう。

あまりに、それで、もう一度イシュトヴァーンの意に染むようにやり直すことばかりが多くなったら、それは、宰相としてのカメロンの面子にもかかわるし、また、能率そのものも、悪いこと、おびただしい。

イシュトヴァーンとの仲も長いので、カメロンには、イシュトヴァーンが、だいたいどの部分でカンをたて、自分のやりたいようにしたがるだろうか、ということ、どの部分は面倒がって自分に全面的にまかせ、「よきにはからえ」という気持でいるだろうか、ということも見当がついてはいた。ただ、困るのは、カメロンが改革したかったり、どんどん自分の判断で変えてゆきたいのは、たいてい、イシュトヴァーンが自分でやりたがる部分についてだ、ということだ。逆にイシュトヴァーンが興味をもたない、好き勝手にどうにでもやってくれ、というような部分については、それこそ税制だの、ギルドについてだの、こまごまとした法律だの、また面倒くさい宮廷のさまざまな雑事だの、カメロンだって、もし出来ることなら誰か有能な副官に全面的にまかせて「よきにはからえ」と云っていたいようなことばかりなのだ。

（俺だって、文官じゃあねえんだ、イシュト――俺はきっすいの軍人で、船乗りで――

机仕事なんか、やった覚えもないんだよ……それはわかってるだろうに……)

カメロンは、いまさらながら、イシュトヴァーンが恨めしかった。

その翌日、だが、トーラスからイシュトヴァーンからの次の使者が到着して、カメロンの憂悶も、少しだけあらたな展開を迎えることになった。その使者は、イシュトヴァーンが、まだ多少の傷が残っているが、それをおしてトーラスをたつこと、そしてまっすぐにイシュタールを目指して帰国の途につくことを告げていた。

「当面、モンゴール国内の内乱がらみの問題につきましては、モンゴール駐在軍の司令官にウー・リーどのを命じられ、全権を委任する、ということを決定されました」

それをきいて、カメロンはちょっと難しい顔になった。ウー・リーはまだかなり若いし、それにカメロンの知る限りでは、とうてい、現在の反乱があちこちで蜂起しているモンゴールのような、難しい情勢のまっただなかにある国をおさえてゆけるような政治力も知能も持っているとは思えない。だが、イシュトヴァーンが連れていった顔触れを考えれば、モンゴール駐在司令官をそのなかから決めるとすればやはりウー・リー以外にはあり得ないのだろう。本当はマルコのほうが年齢的にも、人望も、ふさわしいはずだが、たぶんイシュトヴァーンは、マルコはおのれの副官として、絶対に自分から遠くに離れて置くことなど考えられもせぬだろう。それにマルコは、おとなしい性格で、そこがイシュトヴァーンに気にいられているのだろうが、またそれで内乱がひっきりなしに起こっている国で司令官としておさえこんでゆける押しの強さなどはまったく持っていない。その上に、軍人としても、それほどの実績はない——当人が剣をとって戦うならそこそこだろうが、指揮官としての訓練などまったく受けていないはずだ。

（この……ゴーラの人材不足ってのもなんとかしねえとな……だんだん、ユラニアに似てきやがったぞ——いや、モンゴールにもだ……）

歴史のない国では、しょうのない話ではあるのだが——それは遠征軍だけではなく、たえずカメロンが、ゴーラ国内を扱っていても感じざるを得ないことだ。

（しかし、ウー・リーか……心許ないな……）

だが、とにかく誰かにまかせておかなくては、イシュトヴァーンが、まだ内乱のおさまらぬモンゴールをあとにしてイシュタールに戻ってくることもできぬのは、確かなことだ。

（イシュトが戻ってきたら、早急に、ウー・リーをこっちに戻らせてかわりに誰かゆくようにしてやらんと——）

本当は、カメロンは、自分がドリアンをモンゴール新大公として擁立し、その後見人になる格好でモンゴールにおもむき、金蠍宮に入れば、問題のあらかたは解決してしまう、とひそかに考えている。

ドリアン王子については、モンゴール国民は、父親であるイシュトヴァーンの血には反発しつつも、母親である不幸なアムネリスへの崇拝をそのまま幼い王子に向けるだろう、とカメロンは予測していた。そしてドリアンが幼いモンゴール大公であり、かつゴーラの王太子として立太子が正式になれば、それでモンゴール人の不平はかなりおさまり、モンゴール内乱は一気に収束の方向にむかうのではないか、とカメロンは考えている。モンゴール人民の不平不満は、ゴーラによる支配そのものにではなくて、アムネリスの不幸な最期や、またイシュトヴァーンのやりかたが、モンゴール人民のなかに非常に根強く残っているモンゴール大公家への崇拝をまったく理解しないどころか、逆に踏みにじる格好になったことからきているのだ、とカメロンは思っているのだ。

（だが、それだけに——うまくやれば、モンゴール人たちはまた、一番強力な——ゴーラの協力者に……場合によっては旧ユラニア領民よりもさえ、非常に誠実な協力者になりうるだろうに……）

そのためにも、ドリアンは早く金蠍宮に連れてゆき、そちらで、モンゴール大公として育つようにしたほうがいい、とカメロンは考えていた。イシュタールにおいておいて、もしイシュトヴァーンがあの不幸な最初の面会のときと同様の悪意や憎しみをしか向けぬのだとしたら、それはむしろ、赤児そのものにもごく不幸な人生をもたらすしかありえないだろう。

（俺も、かわったものだな——この俺が、イシュトをおいて、トーラスに——ドリアン王子を面倒をみにゆこうと思うとは……）

この話をもちだすについては、よほど慎重にせねばならぬだろうし、たぶん十のうち七は、イシュトヴァーンによって拒否されてしまうような話だとは思っていたが、カメロンは、本当はそれが一番いいのだと思っていた。

（あるいは……俺は少し、イシュトのそばにいることに――疲れてしまったのかな……）

そんなことを思うときがくるだろうとは思わなかった――またしても、強烈に酒の欲しいような思いにとらわれながら、カメロンは考える。この自分が、最愛のイシュトヴァーンにつくし、そばにいることに、こともあろうに『疲れた』と感じるとは、と思うのだ。だが、それでも、自分がなんだかこのところひどく疲れはててしまっていることは、カメロンはどうあっても感じないわけにはゆかなかった。

たぶんそれははてしもない苦手な雑事の洪水、片付けても片付けてもやってくる面倒ごとの洪水に押し流されてしまう疲れでもあるのだろう。だが、それ以上に、カメロンは、自分が「イシュトヴァーン自身に疲れて」いるのではないかと不安だった。

（ただひとつの光明は、あの――さいごの手紙だが……）

それもだが、何回となく裏切られた、ことがあるような気がする。そうしたときの失望感は、かえって、正面きって激突したときよりも大きい。それゆえ、カメロンは、それについては、イシュトヴァーンの変化についてはイシュトヴァーン自身が帰ってきて、カメロンと直接口をきくまで確信することはどちらにせよ避けようと思っている。

「陛下のお傷の具合はどうか」

「はい、かなり順調に回復しておられますが、まだ大事をとられ、馬車での帰国になられるとのことでございます。もう騎乗されても長時間に及ばなければさほどのことはないそうでございますが、ただやはりお疲れになりやすいようで、まだ完全にもとのおからだには戻られておられぬ、ということで、つねの行軍よりはかなり遅い旅程で戻られるようでございます」

「……」

それでも、イシュトヴァーンの若さと体力があったればこそ、もう帰国の途につくだけの気力が芽生えたのであるはずだ、とカメロンは思った。

もっと普通の気力体力だったり、もうちょっと年齢を重ねているものだったら、たぶんいまの段階ならまだとうてい、長い旅どころか、足慣らしにようやく少しづつ歩いてみはじめる、というような状態なのが普通だろう。イシュトヴァーンの傷の状態については、マルコからの報告などでももうひとつはっきりとはわからないのがもどかしいが、あのグインと戦って瀕死になるほどの傷を受けたのだ。とうてい、あっさりと快復するような浅い傷だったとは思われない。

（まあ、下手な奴に切られるよりは、グインほどの剣士にすっぱり切られたほうがまだしも、回復が早い、ということはあるのかもしれないが、それにしても――）

内臓には、さしたるいたでは受けていなかったのだろうか。もしも内臓に傷をうけていれば、もっと長いことかかるだろう。

「あまり、無理をされぬといいが……」

思わず、使者の前であることも忘れて、カメロンはつぶやいていた。

「いかにお若くとも、馬車の旅とてもずいぶんとからだに負担がかかるはずだ。……トーラスを出られたのは、すると三日前ということになるな」

「はい」

「では……そうだな、まっすぐにガイルン、アルバタナ街道を抜けてこられたとして――ナントを通り、アルセイスから、イシュタールへ……」

おそらく、健康で馬をとばしても五日ではきかなそうな距離だ。

馬車で、それもいつもの半分くらいの距離を一日にゆくだけにとどめているとしたら、まだ、イシュトヴァーンがイシュタールに戻ってくるまでに、半月の余は充分かかるだろう。それも、なにごともなくきたとしての話だ。途中で疲労が出て、どこかでしばらく休むようなことがあれば、ひと月くらいは充分かかってもおかしくはない。

（イヤだな）

なんとなく、カメロンはいやな感じがした。

(イシュトがそんなふうに——まだ完調ではないときにそんな、長期間の旅を——まあ、国境はガイルンだ。そこから先は一応ゴーラ領なのだから——多少危険性は減るだろうが、しかし……)

それだけの長い旅程となれば、どうあっても、あちこちで宿をとり、そのさいには、中原に怨嗟の声も高いゴーラ王イシュトヴァーンが、しかも負傷して帰国の途上にある、ということは、あるていど知られざるを得ないことは覚悟しなくてはならない。

(モンゴール国内はむろんとして……旧ユラニア領だって決して、みながみな無事にゴーラに従っているというわけじゃない。——いや、むしろ、いまのモンゴールのようにおもてには出ていない、それはもう旧ユラニア大公家が潰滅している、ということもあるし、旧ユラニアの貴族や軍人たちを俺がすすめてことさらにとりたて、重用して機嫌をとった、ということの効果もあるだろうが、それでも、旧ユラニア大公家にいまだに忠義を誓っているものが、ゴーラの支配に強い反発をひそめている、ということはないわけじゃない——いや、当然ある。——そしてそれは、確実に、地方のほうが強い……俺も、そこまで旧ユラニアの事情に強いわけじゃないからな。アルセイス在住のものたちを中心にして、旧ユラニア勢力を懐柔してゆく方向をとったからな。——その分、地方貴族だの、地方の騎士団だのには、目が届いていないことは充分にある)

ドライドン騎士団のものたちを少し先乗りさせて、イシュトヴァーンの帰国の道のりを、少し斥候させ、少しでも不安のないようにさせておかなくてはならない、とカメロンは思った。

（もしも、イシュトがそんなふうに、弱っているということが――まだ馬に乗れず馬車での帰国になる、などという状態だと知られると――）

若く、たけだけしく、誰よりも強くあってこその僭王だ。それが傷つき弱っているとあれば、ただちに襲いかかり、旧主のうらみをはらそうとするものたちは、モンゴールだけではないだろう。

（これが――平和ではなく、流血と死をもって国家をあがなったということの報いなのだな――おのれの国の版図を歩いていてさえ、一瞬の油断もならぬというような……）

そんな国に、本当は暮らしてなどいたくないものだ、とカメロンはひそかに考えた。

だが、そんなことをいま思っていても仕方がない。

（ともかく、こちらからも――少し、若手中心の元気な兵を迎えに出して、疲れているはずの遠征軍と交代させ――そして、とにかく早く、一刻も早くイシュトに無事にイシュタールに入ってもらうことだ。すべてはそれからだ。――また途中で何かあったら、すぐにこちらも援軍を出せるようにもしておかねばなるまいな……）

折しもいかにも遊撃隊ふうに国境近くの山林にひそむ、《風の騎士》と名乗る謎めいた首領が率いる光の女神騎士団、というようなものの存在を知らされたばかりだ。そういう連中とても、当然旧モンゴールの残党だ。憎き仇のイシュトヴァーンが傷ついて帰国の途にあるときけば、ただちに暗殺——あるいは襲撃の計画のひとつやふたつはたつだろう。

（元気なときなら、何ひとつそんな心配はしないが……）

いまのイシュトヴァーンがどのていど戦えるのか、それもカメロンにはわかりようがない。

（なんとも、いつまでたっても——気をもませるやつだな、イシュト——）

カメロンは使者がまだ、下がって良いのかどうかわからず、じっとひかえていることも忘れて、深い溜息をもらした。

（俺は……もうずいぶん長いこと、お前に振り回されっぱなしなんだな。——俺はこれから先も、ずっとお前にこうして振り回されてゆくのだろうか。——だとしたら、それもまあ、自分で選んだ人生とはいうものの——なかなか、しんどいことだな。お前には、わからぬのだろうな——このしんどさは、一生、決してわからぬのだろうな。振り回すほうには……振り回される者のしんどさなどはとうていわかるまい……）

また、わかったとしても気にかけもせぬだろう。

イシュトヴァーンの元気な顔を見たら、いったいどのくらいぶりになるのだろうとカメロンは思った。もう、半年近くにもなるかもしれぬ。
(いや、それとも百年かな……そのくらいたっていそうな気がする)
カメロンの物思いはいっそう深かった。

第二話　パロの空の下

1

（雲が、流れてゆく……）

この数日、パロにはこの季節にはことに珍しい雨が続いた、そのあとであった。

まだ、すっかりと上天気が戻ってきたとは言い難い。空はまだいくぶん曇っており、上空では風が強いようであった。

そのせいか、この朝はことのほか、雲の流れが速い。

パロの聖女王リンダ・アルディア・ジェイナは、ひとりクリスタル・パレスのもっとも奥まった女王宮の、居間から続いているバルコニーに出て、手すりに手をかけ、かるく身をもたせかけながら、雲の速い流れを見上げていた。

空はいくぶん紫色がかった青をところどころのぞかせているが、基本的にはまだ灰色がかっていて、昨夜までの雨の名残をうかがわせる。リンダが立っているのは、広大ないくつもの塔をいただき、何棟にもわかれているクリスタル・パレスの中央に位置する、もとは「聖王宮」と呼ばれていた主宮殿、水晶宮の最奥であった。いま現在は、クリスタル・パレスはリンダ女王のおさめるところとなっているから、聖王宮ではなく、水晶宮は「女王宮」と名をあらため、女王の居間と、そして執務室、謁見室などがあらたにもうけられている。

ごくつつましやかなきわめて内輪の戴冠式、即位式をだけ、ジェニュアの神官の手によってすませ、正式にパロの女王となったリンダが、クリスタル・パレスのあるじとしてそこにあらたに君臨するに際して、最初に決めたことは、おのれがかつて双子の弟であるレムス一世の使っていた居室、執務室など、本来の国王のいるべき場所を一切使わない、ということであった。本当は、クリスタル・パレスをさえ、使いたくないのが、リンダのひそかな本音であったのだ。

そこは、彼女にとっては、そこで生まれ、幸福な愛された幼年期と、十四歳までの幸せでうっとりするような子供時代を過ごした思い出の場所であったけれども、それからあとの年月においては、彼女にとってクリスタル・パレスはむしろ苦さと苦しみと、そして激動と失意の思い出にしか満ちていなかった。最初は彼女は、もっとずっと小作りな緑晶殿か、いっそ王太子宮か王妃宮を作り替えておのれの居城と定めようかと思ったのだが、それもあまりにも、いまの財政難のパロにとっては困難すぎることを理解して、あきらめて聖王宮を使うことに同意したのだった。

だが、そのかわりに、せめてもの要求として、彼女は弟レムス王が使っていたすべての室を封印させ、それまで使われていなかった第二客間や第四寝室、第五謁見室や控えの間などだけをまとめて模様替えさせて、そこを自分の居室、寝室、そして謁見室や執務室とすることにした。縁起が悪い——というよりもさらに、彼女にとっては、レムス王がらみの場所は、あまりにも、なまなましいさまざまな苦しみの思い出に通じすぎていたのだ。

「私は、何も大したものはいらないわ」

リンダは、そうしたさまざまなことを右腕となって手伝ってくれるよう、若手のなかから慎重な面接の末に抜擢した、新しい宮内庁長官たる若いロードランド伯ミレニウスに云った。

「ただ、きちんと眠れる場所とたまにひとりきりでさまざまな物思いや思い出にふけることのできる場所。それに、外をみたら美しい花々が見えて、そうしてあとはもう、かたちばかりのものばかりでいいの。大仰な施設や儀式はもうたくさん。それに、私、皆さんが想像を絶するような生活を、それは沢山経てきたのよ——ノスフェラスの砂漠でセムたちとともに、セムの村で暮らしたり、甲板走りの男の子に変装して海賊船に乗り込んだり。——狭い塔のなかに幽閉されて暮らしていたりもしたわ。だから、私は何が一番大切なのか、とてもよくわかるようになったの。何があれば、人間は幸せに何不自由なく生きてゆけるのか。だから私はもう何も大仰なものは欲しくないの」

「陛下がそのようにお考えになるのでございましたら……」

ロードランド伯爵はまだ弱冠二十三歳であった。家柄としては古いし由緒正しいが、地方貴族の子息で、これまで中央ではほとんど実績もないし、その分また、ややこしい閨閥や家柄の呪縛もほとんどない。

パロ宮廷はたびかさなる内乱や侵略やおそるべき怪物アモン王子の陰謀などによって、根源的な打撃を受けてしまっていた。リンダが女王として就任して、まず最初に着手しなくてはならなかったのは、ほとんど無人に近い状態と化してしまった、クリスタル宮廷を再編成し、なんとかさまざまな部門の指揮者を決定し、責任者をきめ、そしてなんとかしてパロが国家としてまた機能しはじめるようにすることでなくてはならなかった。

宰相としてはむろん、いまのリンダにとっては誰よりも頼もしく経験ゆたかな——とリンダにとっては思えた——ヴァレリウスがいる。だが、そのヴァレリウス宰相はケイロニア王グインの捜索を手伝うために、自ら北方に出かけたきり、かなり長期間戻ってこられないでいる。その間もさまざまなものごとは容赦なく進行している。

だが一方では、リンダは、このパロ宮廷のひどい状態というのが、ひとつのおおいなるチャンスであることをも発見したのであった。それは、古く、伝統に縛られ、そして格式と儀典と有職故実にがんじがらめになっていた三千年の都パロに、新しい風を吹き込み、一気にものごとを若返らせ、リンダのやりたいように出来るようにするための、素晴しい機会でもあったのだ。

リンダは女王に即位すると同時に、パロ全国にわたって布令を出し、準貴族以上の階級でクリスタルに移住できるもの、という条件で若い人材を幅広く求めた。それは大変な仕事というわけでもなかった——そもそも、パロは、たいへん人口の密度の高い国ではあったのだが、度重なる内乱と戦争でひどい打撃を受けていたし、それに、アモンの妖術のために、もっとも大きないたでをこうむったのは、クリスタル・パレスの重臣たちとその周辺そのものであった。アモンの妖術にかかり、さまざまな恐怖の体験をした、ことに高齢から中年層の重臣たち、貴婦人たち、貴族たちのなかには、二度と立ち直れないようないたでをうけて、精神的に不安定になったり、さらに決定的に発狂してしまって、病院に生涯収容されざるを得ないようになってしまったものもたくさんいた——アモンの妖術は、精神的に弱いものや、偽りをかかえたもの、保守的な傾向があまりに強いものなどにことのほか強烈に作用したので、そうしたものたちは目のあたりにさせられた、異様で恐怖にみちた体験にも、またその後のあわただしく激烈な体制の変化にも、まったく対応することが出来ずにどんどん人格が崩壊したり、その影響をこうむって体調を崩したりしたものが非常に多かったのだ。

そうしたものたちはとりあえず病院に収容されたものもいれば、また親戚の者がひきとって地方での看護をやむなくされたものもいた。そしてクリスタル・パレスはがらんがらんになった――女官長も儀典長も将軍たちも、貴婦人たちも、かつてクリスタル・パレスを埋め尽くして綺羅をきそっていた、絢爛たる貴族階級はほぼ潰滅状態になっていた。

リンダは、それを幸いと――とまではあえて口にはしなかったが、かわってどんどん地方貴族、地方郷士のやる気と野心にみちた若者たちを登用し、あらたな彼女のためのパロ宮廷を組織することが出来たのであった。二十三歳のロードランド伯爵ミレニウスが宮内庁長官となったのをはじめ、二十五歳のコッド男爵アルミスが女王づきの秘書室長、二十八歳のユーライ卿セレスが税務庁長官となった。クリスタル市の市長もしばらく空席となっていたのを、あらたにギルド長ケルバヌスの推薦によって、三十歳のショルス卿が任命された。

ほかにも女官長にはこれもまだ四十歳前のデビ・ネリア、副女官長にデビ・エルシアが登用され、じっさいのクリスタル・パレスの運営を統べる重要な機関として整備された宮殿管理庁の長官にはネルバ侯の子息ネリウス子爵が任命された。

また、パロを守る武の組織たる聖騎士団のほうも、壊滅的な打撃からまだ立ち直っていない状態であったから、大幅に騎士の増員が布告され、かなり大勢の新規入団者を受け入れることになった。地方郷士の子弟や、地方貴族の二、三男たちにとっては、これは願ってもない昇進への最初のチャンスであった——それまでは、聖騎士団に入団できる者は非常にきびしい資格審査もあり、また、そもそも父や兄や祖父ら何代にもわたって聖騎士である家系が優先され、それ以外のものたちはたとえ入団できたとしてもまず、聖騎士伯、聖騎士侯などへの出世は望めない、という状態にあったからである。リンダはこの軍制を整備し、平民出身でも業績しだいで聖騎士たりうる、という改革をおこない、同時に、聖騎士の家系でないものも聖騎士侯、聖騎士伯に昇進可能になるような制度改革を決定したので、たちまち野心にもえた若い軍人たちが、クリスタルめがけておしよせた。——といったところで、パロは本当に長い内乱のいたでを大きく受けていたし、もっともリンダがあてにできると考えているカレニア騎士団などの辺境騎士団はそもそも、アルド・ナリスとレムス王との戦いのあいだで相当に戦死者も負傷者も多く出ていたので、一気にもとの勢いを取り戻す、というわけにはゆかなかったが。

それでもリンダは、とりあえず聖騎士団についてはパロ出身者に限ることとし、あえて傭兵はとらぬままにした。それは軍制についてのリンダの補佐役としてあれこれ勉強しては助言してくれる、カラヴィア子爵アドリアンの意見でもあった。傭兵は戦い馴れていて、扱いやすいかわりに、いつ裏切るかわからぬ危険性がある。ことに、いまのパロのように、まったくの一から軍制を作り直し、パロを守ってくれる軍隊を整備しなおさなくてはならぬような脆弱な状態にあるときには、傭兵があまりに増えてしまうことは、危険の種をまくようなものだ、というのがアドリアンの意見であった。アドリアンはカラヴィア騎士団一万をあらたに率いてクリスタルにのぼり、当面の女王とクリスタルの警備を担当しがてら、なにくれと、寂しくなったリンダの身辺の面倒を見ようと粉骨砕身していた。

アドリアンはいまのリンダにとってはもっとも頼りになる、信頼できる武人であったが、これもまたまだごくごくうら若かった。とにかく、年輩の聖騎士侯、もっと中堅どころの一番あてにしたい聖騎士伯たちは、みなレムス王側についたということで断罪されて公務から追放されていたり、あるいはナリス側で戦って負傷したり戦死したりしていて、いっときはあれほどの華麗な陣ぞなえを誇ったパロの聖騎士団は、火の消えたような寂しさであったのだ。

リンダは、アドリアンのすすめにしたがってあらたに聖騎士伯を任命し、コンラート、サムエル、マルシウス、ヴァリウス、タルト、ヴァディス、コールズ、ホルス、タルス、クリストス、の十名をそれぞれに聖騎士伯とした。かれらはいずれもそれまでは平の聖騎士だった若手であり、最年少のヴァリウスなどはまだ十九歳の若さだった。それぞれに、本来なら二百名づつの聖騎士団を率いるべきところだが、とうていいまの聖騎士団にはそれだけの人数が揃えられなかったので、かれらはそれぞれに百名の平騎士をあたえられて、それを立派に聖騎士として鍛え上げる役目を命じられた。また、引き続き各団そのものも、騎士の公募を続けることが任務として課せられた。

同時に、リンダは、弱冠二十歳のアドリアンを聖騎士侯にひきあげ、カラヴィア騎士団の隊長との兼任を許すことにした。生き残っていて、しかもレムス側にくみしておらず、そして傷もおっておらず、また老齢だったりもしない聖騎士侯はいまや全滅に近かった。ルナン侯もナリス王に殉死しており、ダルカン侯もすでにない。なんとか無事に生き残っているのはワリス聖騎士侯ただひとりである。聖騎士団の最高司令官がどうしても必要であった。リンダはアドリアン新聖騎士侯のほかに、マール公の甥であるアマリウス子爵、サラミス公ボースの末弟ラウス子爵の二人を聖騎士侯に引き上げた。こんなときに、リギアがいてくれれば、リーズが生きていてくれれば、と思わないことはなかったが、そのようなことは云ったところで仕方がない。恐しく若い布陣にはなったが、ワリス以下、なんとか四人の聖騎士侯がそろって、多少の格好はついた。

さらに、いまだわずか九歳のランズベール侯の忘れ形見キースを正式にランズベール侯に任命し、レムス王にくみしたために引責辞職したネルバ侯のあとに、ネルバ侯の長男ネリウスを新しいネルバ侯に任命した。ネリウスは宮殿管理庁長官との兼任であったが、ネルバ塔、ネルバ城と、いまは炎上して廃墟となっているランズベール城とは、クリスタル・パレスの守りのかなめとしてどうしても必要である。幼い新ランズベール侯キースには、後見人としてもとのランズベール侯の腹心であり、あの激烈なランズベールの戦いでキース少年を守って炎をかいくぐった忠臣セオドールがあらたに貴族に任命されて補佐することとなった。

とにかく決定的にどこもかしこも人材が不足していた。同時に、いくらでも、あまりにもたくさんのやらなくてはならぬことがあった。唯一頼みとするヴァレリウスはグイン探索に出たまま帰らず、義弟アル・ディーンもまた、そのヴァレリウスとともに消息を絶っている。

そして、ときにアル・ディーン以上にリンダがその判断を信頼していた宰相代理ヨナ・ハンゼは宰相ヴァレリウスを迎えるべくケイロニアにおもむいて時がたっていた。しかし、すべてはもう動き出している。何もかも、このままにしておくわけにはゆかぬ。

荒れ果てたクリスタル・パレスは全面的に工事と手入れとが必要なような状態であったし、そのためにも決定的に人員が足りなかった。また、炎上したランズベール城は再建しなくては、外敵からこれまで以上にクリスタル・パレスが守りにくくなることが予想されたし、カリナエ宮は閉鎖されたまま、ふたたび動き出すめどもたっていなかった。クリスタル・パレスそのものがどこもかしこも戦火によって破壊されたきずあとを残していたし、片付けていれば思わぬところから死体の残骸が出現して工事の人々に悲鳴をあげさせるようなことも珍しくはなかった。そして、工事を進行させるためには何よりも致命的に、パロの財政は逼迫のきわみにあった。ながらく続いた戦乱のためだけではなく、レムスの暴政やアモンの陰謀など、すべてが、パロを疲弊させる方向にしか進んでいなかったのである。

ほとんどすべての宮廷の機能は停止し、人ものも何もかもが崩壊の危機にあった。だが、リンダは、マルガからクリスタルに戻ってくるにさいして、そのようなことはとっくに覚悟を決めていた。彼女は健気にひたすら朝から晩まで、ヴァレリウスの手助けもヨナの聡明な助言も、またアル・ディーンの慰めさえもないままに働き、馴れぬ経理の計算をし、自分で必死に判断して決断を下し、ものごとをとりきめ、それでうまくゆけばよし、まずくゆけばまたそれをなんとか改正してうまくゆかせようとしながら、とにかく必死にやりくり仕事を続けていた。あとからあとから、早急になんとかしなくてはならぬ事態ばかりが訪れてくるようであったが、リンダは健気にもちこたえ、泣き言ひとつ洩らさなかった。

それでも、簡素だが清らかで快適にしつらえさせた寝室にようやく、夜遅くなって戻ってくるときには、ひそかに枕を涙で濡らすことがなかったとは云わないが、しかし朝の光がさしてくれれば、彼女はまた元気を取り戻して難局にたちむかった——確かに、二十一歳、という彼女の若さは、彼女を何よりも助けてくれているようであった。

そして、もう、ヴァレリウスがグインの消息を求めて、ケイロニアの遠征隊ともども辺境へと旅立ってから、ずいぶんな長さの年月が流れ去ったような気が、リンダはしている。

じっさいには、そこまでのことはなかったのだが、毎日が朝から晩まであまりにもぎっしりとしなくてはならぬこと、頭の痛いこと、難問や重大な問題で埋め尽くされている日々のなかでは、リンダの若い心には、一日が、百日もあるようにさえ感じられたとしても無理はなかったかもしれぬ。

じりじりと、確かにものごとは少しづつ、解決の方向にむかって動き出している――それは確かなことであった。もしそれが確かでなかったとしたら、いかに若く体力も気力もあるリンダとはいえ、あまりの困難の連続にくじけてしまったかもしれぬ。

日に日に、ほんの少しづつでも、確実にものごとは好転してはいた。何よりも、いま現在、クリスタル・パレスに詰めているものたちは、全員が全員、リンダ女王のこの窮状といえばこの上もない窮状と、そしてヴァレリウス宰相も、アル・ディーン王子も、ヨナ宰相代理もいなくなったというあまりにも孤立無援の状態に深く同情と忠誠とを寄せていた。リンダがこの若さで、どれほど健気に奮闘しているか、それを知らぬものはなかった――それゆえ、まさに、いまのパロ宮廷ほどに――宮廷だけには限らなかったのだが――じっさいの組織も何もかもぼろぼろで何も整備されてもおらず、金もなく、ものもなく、経験もひとも不足しているというのに、これほどに誰もが協力的であり、必死であり、そして忠誠を誓っている場所、というものは、そうはあるものではなかっただろう。リンダの不幸な――この若さで最愛の夫を失った悲しみにひたることさえも許されずに、ひたすら国のために身を粉にして奮戦しつづけている、という――運命にも、また彼女のその健気さやひたむきさや運命への激烈な戦いのいどみかたにも、そして彼女のそのあくなき気力にも意志にも、現在自由の身であるパロのすべての国民が、熱烈な崇拝と敬意と同情とをよせていたので、そうであってこそ出来るような――そうでなければとうてい無理であったような難題も、じわじわとすべて解決に向かっていた。

いまや、パロの国民にとっては、リンダ・アルディア・ジェイナはパロのただひとりの女神であり、希望であり、光そのものでさえあった。それゆえ、給料が遅れた、といって文句をいうものもなく、そんな若僧を抜擢して高い位につける、などとがみがみ云ってくる年寄りもおらず、また、抜擢された《若僧》のほうも、必死になって、なんとか美しく健気で悲劇的なかれらの女王のために、期待にこたえようと全力を尽くしていたのだ。

それゆえに、リンダが可愛らしい顔をかしげて微笑みながら頼めば、何ひとつ、誰ひとりとして、そのことばにさからうものも、異議をとなえるものもいなかったし、それがどうしても無理だとなれば、こっそり自腹を切れるものは切ってさえ、リンダの希望をいれてやろうとした。リンダがいかにも無私で、そしてただひたすら、パロ国民のためによかれ、パロが昔日の繁栄を少しでも早く取り戻せるように、そしてまたパロ国家が少しでも早く安定と安寧とを取り戻せるように、ということだけを考えてものごとをおこなっていることは誰の目にも明らかであったから、それについて文句を言い立てるようなものがもしいれば、それはただちに他のものたちから大攻撃をあびてつぶされてしまいそうな状況であった。

そうしたひとびとすべての協力と、手間ひまを惜しまない仕事ぶりのおかげで、じりじりと、あれほど荒れ果ててあちこちに死体がころがり、見るも無惨であったクリスタル・パレスは、まず掃除され、打ち壊された残骸が取り片付けられ、少しづつではあったが手入れがなされていった。カリナエはまだ庭園も離宮も閉鎖されたままで、その、太い板を打ち付けられた門の前を通るたびにリンダの胸は激しく痛んだが、主宮殿のまわりは最初に秩序を取り戻し、花々もふたたび美しい色を少しづつ見せて開くようになり、歩き回って忙しく仕事している宮殿の住人たちのすがたも日に日に増えてくるようになっていた。

同時に、ギルド長ケルバヌス以下の豪商たち、貴族たちの尽力によって、クリスタル市そのものも少しづつ、もとのにぎわいを取り戻しつつあった。少しづつ、流通が復活し——クリスタル・パレスはなまじ格式があるので、なかなかそこまでのにぎわいは戻らなかったが、アムブラはすでに、もとのにぎやかさの半分がとこを取り戻していたのである。それはリンダには見るすべとてもなかったが、また、クリスタル市内も、ひところの火の消えたような、これがあの花のクリスタルの都かと住人たちを嘆かせた恐しい状態などいつのことだったかというように、殷賑を少しづつ取り戻し、大通りの店々はまた防火扉をあげて品物を美麗に並べたてて――美麗でないまでもかなり豊富に並べたてて、それを目当ての客を誘い込むようになってきた。かつかつと足音をたてて荷馬車がゆきかい、商人たちも活気を取り戻してきた。ひとことでいえば、クリスタルの都は、不死鳥のように再生し、復興しつつあったのであった。その速度は決してそれほど劇的に早くはなかったが、遅すぎもしなかった。

地方を統べる、カラヴィア公アドロン、マール公、サラミス公、といった大貴族たちからも、次々とクリスタルへの援助と、そしてクリスタル・パレスへの援助が申し出られ、そして実行にうつされたので、クリスタルはかなりの潤いを取り戻した。マルガの復興はまだ当分先になりそうだったが、一足先にクリスタルはかなりの賑わいを取り戻し、それをあてこんで、地方に避難していた人々も都に戻ってきた。日一日とクリスタルのそこかしこの大道に人のすがたが増え、夜のあかりが増え、そしてあちこちでやかましく建設の槌音がきこえるようになって、それがクリスタル市全体に非常な活気をもたらしていた。

アムブラはなかなかに元気がよかった――いったんはほとんど潰滅かという大打撃を

受けもしたが、アムブラのような場所はつねに不死身である。レムス王によって追放されていた学者たちも、リンダ女王の特赦と招聘を得てどんどん戻ってきた。もっとも、まだ当面パロは確定的な平和は取り戻せない状態が続くだろうとふんだり、リンダ女王が、人柄的にはともかく、武力としては弱いことをおそれて、もうとりあえずアムブラをおのれの活動の場とすることを断念した塾頭や学者も多かったのも確かである。また、王立学問所はまだ、再開のめどはたっていなかったし、魔道師ギルドもかなりのいたでをうけて、女王の召喚にもまだこたえられぬ状態であった。ひとつには、ヴァレリウスが、魔道師ギルドのめぼしいあたりを全部、グインのための遠征に同行してしまった、ということもあったのだが。

それでも、とにかく日一日とものごとが正常にむかって動いていることは確実であった。それは希望への道であったし、ものも人も一日一日と増えてきていた。それは、なかなか贅沢な料亭がまた営業をはじめたり、クリスタル・パレスに運びこまれてくる物資が、本当に最低限の救援用の物資から、多少装飾的な贅沢品などがまざりはじめたようすからも明らかであった。

とはいえまだまだ、クリスタル・パレスの半分以上が荒れ果ててとりかたづけられてさえおらぬままだったし、まだクリスタル・パレスの、あまり人の住まぬあたりを通ると、アモンのおそるべき黒魔道がもたらした瘴気がまざまざと残っている、とまことしやかに云うものもいた。またこれは誰もリンダの耳にいれる勇気がなかったが、ランズベール塔の廃墟だの、カリナエの閉ざされた小宮殿だのの周辺を夜中にでもうかうかと通りかかると、「恐しいものを見てしまった者がたくさんいる」というようなまことしやかなうわさが執拗に囁かれていた。だが、それもまた、人々は、懸命に孤軍奮闘しているリンダ女王の耳には決していれぬように気を遣っていた。もしここで、リンダが気が滅入ったり、極度の疲労のために倒れてしまったりしたら、それこそもうパロはあっという間に立ちゆかなくなってしまうだろう、ということは、火を見るよりも明らかだったからである。

2

（ああ——雲が、流れてゆく……）

いっぽう——

そのこと、つまり、いまでは自分の健康と忍耐力だけがパロの唯一の希望なのだ、ということを、当のリンダ当人ほどにもよくわかっているものは、おそらくいなかったであろう。

リンダはつかのまの孤独を胸一杯に味わうかのように、深々と息を吸い込んだ。遠い庭園のゆたかな緑が目に痛い。

まだ、カリナエ庭園や、サリア庭園、ロザリア庭園、ヤーン庭園など、めぼしい庭園の整備や剪定まではとうてい手が届かないので、いまのところは、さしもクリスタル・パレスの誇ったたくさんの、それぞれに特色をそなえたうるわしい花々を胸苦しいほどに咲かせた庭園も荒れ放題だ。だが、それがかえって幸いして、とでもいうのか、それとも、そういう逆境におかれればかえって花本来の生命力が生き生きと発動される、ということなのか。剪定の手が入らぬ庭園はいっそう凶々しいくらいに緑がゆたかに盛り上がり、しげり、そして四季折々に花をつけるよう、花がたえることのないよう周到に計算されて植え込まれている花々は、いまの季節を盛りと咲いているものも多い。

女王宮のバルコニーはかなり高いところにある。そこから見下ろすたくさんの、大小さまざまな庭園は、リンダにとっては、いま、たったひとつの、本当に心を和ませてくれる癒しにみちた光景であった。

（あの……赤いのは、何かしら……マウリアかしら……ルノリアは……まだ咲かないだろうか……ここからでは、マリニアやロザリアは小さすぎて花が見えないわね……）

リンダは、花が好きだ。

花に限らない。木々、草、花々、虫も獣も、この世をゆたかにしてくれる美しいものたちは何でも大好きだ。それらはたいていの人間たちよりもずっと神のみ心に近い、という気持が、神の巫女である彼女にはしている。

（もっと……本当は、花の近くに降りたって、花をつんだり――その香りをかいだり自由に出来るところで暮らしていたいのだけれど……）

それはどんなにか、いつも疲れはてている彼女の心を慰めてくれるに違いない。

ひとは、リンダのあくなき活力と、底知れぬ気力、そして不思議な生命力を賛美してやまぬのだが、少なくとも当人であるリンダだけは、そんなことはない、とよくわかっていた。むしろ、ときには、そうして、奇蹟のような生命力や気力を賞賛されることを、なんともひとの気持のわからぬひとだ——といささかうんざりしながら、そう言い続ける相手の顔を眺めることもある。だが、リンダは、そういう相手にあえて異を唱えようとはしなかった。

そういう相手は、ただ単に「そう思いたがっている」だけなのだ、ということももうリンダにはわかっていたし、また、たとえ自分がなんと云おうと、あいてはその考えをかえないだろう、ということもわかっていた。そしてまた、もっと単純な理由として、そうやっていちいち誤解をといてまわるほど、彼女は暇ではなかったのだ。とはいうものの、そうやって、彼女にまったく本来の自分自身とは違う役割をあてはめたり、押しつけようとするような人間を、彼女が喜んで受け入れるわけもなかったのだが。

(でも、まあ……そうやって誤解されているのも、女王の義務というものなのかもしれない)

肩をすくめながら、リンダは考えた。

彼女は女王に即位してこのかた、ほとんど、黒や濃紺や濃い茶色、濃い緑、などの暗い色あいの服しか身にまとったことがなかった。そのかたちも、以前は華美ではなやかなドレスをたくさんこしらえ、とっかえひっかえ身にまとうのをとても楽しみにしていた彼女であったが、どれもこれも同じように、えりの詰まった、袖の長い、肌をあらわさぬ、とても控えめなかたちのすっきりと単純なものばかりであった。

それでも本来は彼女としては、濃紺や緑を身につけるだけでも大変な妥協であったのだ。彼女の意識のなかでは、彼女はまだ、未亡人となってからいくらもたたぬ、夫を喪ったばかりの妻であった。そうである以上、本来であれば、彼女にふさわしいただひとつの色は、喪の黒であるはずで、それ以外の色はたとえ濃紺といえども、身につけてふさわしいはずはない。

だが、女王ともなると、つねに黒を身にまとい、「黒衣の女王」となってしまうのは、いささか、宮廷の雰囲気が暗くなりすぎる、と彼女は感じたのだった。それで、妥協して、黒と見まがうばかりの濃紺だの、かすかに光る黒緑色、などの濃い色の服はこしらえて、外国使節との対面や重要な賓客をもてなす夕食会などのおりには、そうしたものをまとうようになっていたが、日常的には、彼女は質素な黒い服しか身につけなかったし、つけたくもなかった。もっとも、美女というのは得なもので、そうした質素で簡素な黒い喪の服装は、まだうら若く美しい彼女をいっそうすっきりと美しく見せ、そして光輝く銀髪とスミレ色の瞳をいっそう引き立てていたので、まるでそうした効果をねらって黒ばかりまとっているとさえいったっておかしくないくらいにそれは彼女に似合ってくっきりときわだたせていた。彼女はいつも肩でとめる長い黒いレースのケープをつけていたので、それとあいまって、彼女はまさしくあでやかで悲しげな「黒の女王」であった――だが、黒髪と黒い目ではない、色白で、ゆたかな銀髪をきれいに結い上げ、うるんだスミレ色の瞳の彼女は、「黒の女王」ではあっても、決して闇の、暗い夜の女王にはみえなかった。

それゆえ、今日もリンダがまとっていたのは、黒いあっさりとした別珍の、襟のつまった、襟と胸のところにごく小さな黒いレースのふちどりのついたすっきりとしたシルエットのドレスで、例によって黒いレースのケープを肩から垂らし、髪の毛は小さくまとめてうしろに下めのシニョンにたばねて、彼女の髪の毛の色にあわせた銀色のレースの網でつつんで、黒いレースのリボンで結んでいた。飾りものは何もなく、胸には、いつも肌身離さずかけている、亡き人のかたみの水晶のペンダントだけが輝いている。

その、かざりけのない質素な服装をしていても、彼女は美しかったし、それにこのところの人生の大きな悲しみや苦しみ、そしてそれにつづく苦労の連続は、まだ二十一歳の彼女をだいぶんおとなびて見せてはいたが、その肌はおさえてもおさえきれぬ若さに内側からバラ色に光り輝き、彼女の望みとは逆にむしろ、そのつつましやかな服装の下から彼女の若さと生命とがこぼれ出てしまうかのようにさえ見えていた。暁のスミレ色の瞳はもともときっぱりと果断な気性を示して強い光をもっていたけれども、いまはそこに優しさと悲しみとが加わり、しっとりとした大人の女性の気品ある香気のようなものもそなわってきて、意志と知性と、そして品位をそなえた、いかにもうら若いパロの女王にふさわしい落ち着きを示している。

（ああ——雲が流れてゆく……）

あの雲は、マルガのほうへゆくのだろうか……リンダは目で白い雲の早い動きを追いながら考えた。いまは、いつもいつも激務と激忙とに追いまくられている彼女の、ほんのわずかな、奇蹟のように出来たちょっとした自由な時間であった——この時間に来るはずであった外国使節が、いまだ到着していない、という知らせがあって、到着までしばらく待っていなくてはならなくなったのだ。それはただのつまらない表敬訪問であったし、本当はそんなものに時間をとられるのがとても辛い、昨今の彼女の事情であったので、彼女はその使節とやらいうものが、いっそ明日まで到着してくれなければいいのに、と願うくらいだった。

だが、いつ到着するかわからぬ以上、次々と予定をくりのべてゆくわけにもゆかぬ、ということで、思いも掛けぬ自由な一刻が、彼女にまるでヤーンのもたらした慰めのように訪れていたのだ。それはまるで、このところ本当に夜寝る間さえ惜しんで国のために粉骨砕身しているうら若い女王に、ヤーンがあわれんで贈ってくれたささやかな贈り物でもあるかのようだった。

そのいつ破られるかわからぬ貴重な、何もすることのない時間を、どう使ってもよかったが、何かことあたらしくはじめてしまえば、それでまたそちらに頭が入り込んでしまう。そうなれば、それを使節の到着によって中断しなくてはならないのは、リンダにはなかなか辛いことになるだろう。

といって、誰かをよんで話をさせたり、またお茶の時間にしよう、などというほど大がかりにする気にもなれなかった。どちらにせよ、外国使節がやってくれば、食事とまではゆかぬ、簡単な軽食をともにしてもてなす予定になっている。

それゆえ、何もすることのない、逆に彼女にとっては本当に神の恵みのように思われる自由な、何もない時間が、彼女の前に突然あった。彼女は、侍女たちに、誰もついてこないように、と言いつけて、バルコニーに出て、ただぼんやりと雲を眺めていたのだった。

目のなかには、ロザリア庭園、その手前にひっそりと比較的低い屋根の線をみせてひろがっている後宮——いまでは女官たちのすまいとなっているはずだが——がひろがり、それをさえぎるようにして、ヤヌスの塔が見える。少し目をあげればルアーの塔やサリアの塔も見えるだろう。

(ああ……)

私はここで生まれたのだ、とリンダは思った。

(だけど……いまとなっては、ここにあるのは……悲しい思い出ばかりだわ……)

ロザリア庭園の花々だけが、彼女の心をほっとくつろがせてくれる。

とはいえ、ルノリアをみれば、思い出すひとがいる。マウリアをみても、思い出すひとこまがある。輝く黄色のアムネリアはもうずいぶん前から、亡き夫がいやがって、一本残らず抜かせてしまっていた。もともと、アムネリアはあまりパロの風土にあわないので、温室で栽培して巨大な花を咲かせるので、放っておけばどんどん枯れてしまう。

（なんだか……私、ものすごく年寄りになったみたいな気がする……）

かすかなきぬずれの音をきいて、リンダははっとふりかえった。

誰にも入らないように、と申しつけてあったが、その命令からつねに除外されているただひとりの例外がいる。それは、もう七年も、ずっとはるかなノスフェラスの地から彼女に従ってきて、ずっとリンダと苦楽をともにしている、セム族のむすめ、スニであった。

セム族はノスフェラスにだけ住む特殊な猿人族だ。人というよりもサルのほうにかなり近いのではないかと云われるその種族は、まったく中原の人間たちと似ておらぬすがたかたちをもち、身長は一タールあるかなきか、ふさふさとした尻尾と、全身に、顔と掌とあしのうらと腹だけをのぞいてゆたかな体毛をもち、顔だちも猿のほうに酷似している。だが知能はあり、集団で生活し、かれら独自の信仰も、多少の文化様式のようなものも持っている。

スニは、セム族の伝説的な大族長、ロトーの孫娘であった。その、セム族の王女である小さなスニと、そしてパロの王女リンダとのあいだに、いったい、何がどう、心が通いあったのか。

それとも、これもまた、ヤーンのふしぎなみ心のなせるわざであったのか。スニは、そもそもの最初から、顔を一目みたときから、リンダの銀髪とスミレ色の瞳に魅せられてしまったようであった。そして、リンダに憧れるあまり、リンダの供をしてはるかにふるさとノスフェラスの砂漠をはなれて、リンダにどこまでもついてゆくことを自ら選んだ。そのためには、同じ外見をもつ同胞たちのいる故郷にもう二度とは戻れぬことを覚悟せねばならぬ。仲間はとめたが、スニの希望は堅かった。そして、このちいさなセムの娘は、その後、リンダの変転著しい人生の最大の友となって、つねに彼女につきしたがい、リンダが双子の弟の手で幽閉の憂き目をみたときにもぴったりとよりそい、どのようなときにもそばをはなれず、可愛らしい小さなお仕着せの女官服を作ってもらい——当然それにはしっぽを通す穴もあった——いかにも可愛らしいぬいぐるみのようにちょこちょことリンダの身辺の世話をして、彼女を微笑ませてきたのだ。

死ぬまでリンダのそばにいて、《姫さま》のお世話をする——それだけが、スニの望みであった。リンダも、変転きわまりない彼女の人生のなかで、決してかわることのない、何があろうと信じられる最大の友として、スニをこよなく愛した。かたことの中原のことばもずいぶんとまともに話せるようになり、同時に、少女であったスニもすっかり大人になった。もっとも、リンダの胸までもないくらいの、人形のような大きさも、ちょこちょことした動作の愛くるしさも、ふさふさとした、女官服のスカートから突きだしている旗のようなしっぽも少しもかわらない。

「リンダさま」

もう、姫ではなく、大公妃なのだから、姫さまと呼んではいけない——と注意されてから、スニは彼女のことをそう呼ぶようになっている。

「ああ、スニ」

「リンダさま、ひとり、いい？　スニいらない？」

「いいのよ」

リンダは微笑んだ。

「スニのことを私が、いらないなんて一度だって思うわけがないでしょう。——ほかのひとたちはいろんなうるさいことをいって私を悩ませるけれど、スニは一回だってそんなふうに私のいやがるようなことをいったり、したりしたことなどないんだから」

「スニ、リンダさまのいやがることなんか、ぜったいしないよ」

心外そうにセム族のむすめは云い、そしてちょこちょことスカートのすそをもちあげて、いかにもしかつめらしくバルコニーの敷居をまたぎこえて、リンダのそばにやってきた。バルコニーには、小さな白い大理石のベンチがしつらえてある。リンダは、少し疲れを覚えてきて、ゆっくりとそのベンチに腰をおろした。目の前に、ヤヌスの塔がたかだかとそびえたっている。その地下に、永遠に閉ざされてしまった《世界最大の謎》をひそめている、と考えて見るせいか、何か神秘な、あやしい靄に包まれているように感じられる、高い塔だ。いまは、そこに住まうものとてもなく放置されている——いや、もともと、それは住むための塔ではなく、もっとはるかに重大な、ある機密を封じ込めていたのだ。

この《七つの塔の都》の宮殿を設計した、といわれているのは、伝説の大宰相、アレクサンドロスだ。彼がヤヌスの塔の地下に封じ込めたその「世界の七大秘密」最大のものこそ、リンダの亡き良人が一生かけて研究しつづけ、憧れ続けていたあの《古代機械》そのものであった。

思わず、深い溜息がリンダのバラ色の唇からもれた。スニは敏感に聞きとがめて首をのばした。

「リンダさま悲しい？」

「そうね……ううん、スニ。私はきっと、悲しいわけじゃないのよ」

リンダは微笑んだ。

「でも……きっと、そうね、とても——とても疲れているんだわ」

「スニ、リンダさまお肩もむ？　お首もむ？」

「有難う、いまは大丈夫よ。そういうふうに疲れているわけではないの」

ほ、とまたリンダは深い吐息をもらした。なんだか、一生分の吐息をもらしているみたいだわ、とぼんやりと考える。

「どういうふうに疲れている？　お茶、いる？」

「お茶ね……ちょっとあとで欲しいわね。でもいいのよ、スニ、あまり気を遣わなくていいから、まず私のお隣にちょっとお座りなさいよ」

「うん」

スニは嬉しそうにちょこちょこ走りで寄ってくる。それを、子供のように小さいからだをわきの下に手をいれてかかえあげて、ベンチの自分のとなりにリンダは座らせてやった。人形のように可愛らしいその毛深い顔を愛情をこめてじっと見つめる。

「どうした、リンダさま？　スニ見る、どうした？」

「スニも――私のために、本当に運命がかわってしまったのねえ、そう思ったのよ……」

「運命？」

スニは元気いっぱいに白い歯をむきだして笑う。

「運命かわる、平気。スニリンダさまと一緒嬉しい。スニ毎日毎日姫さまと、アイヤーリンダさまと一緒、とても嬉しいよ」

「スニがいつも元気だから、私はとても助かるんだわ」

リンダは微笑んだ。

「スニがいてくれなかったら、きっと私、とてもやっていられないわね。――いやなことだの、大変なことだの――疲れることだの、しんどいことだの……とてもとても忍耐力のいることばかりで。――私はねえ、スニ、もともと決して気の長いほうでもなければ、こんなこまごまとしたことに向いているほうでもないのよ」

まさに同じような感慨を、はるかなイシュタールで、宰相カメロンが抱いていたとも知るすべもなく、リンダは溜息をもらした。

「私はもともと、有能だったり――とても仕事が好きだったり、とてもなんというのかしら……政務だの、まつりごとだの、学問だの……もちろんいくさもふくめて、そういう実務のことにまったく興味があったほうではなかったの。私が興味があったのって何だったのかしら……私、自分が……そうね、スニ……私、自分が何に興味があるのか、本当はどんな人間なのかをゆっくり知っているひまもなく、嵐のように運命のなかにまきこまれてしまっていったんだわ」

「……」

「本当に、嵐だったわ――あの十四歳の黒竜戦役の勃発した夜から……モンゴールの奇襲の夜から、それ以来、何年にもわたって、私はずっと嵐のなかをさまよいっぱなし。

──なんて長い嵐なんでしょう。なんて激しい嵐なんでしょう──もういい加減に嵐が吹き止みそうなものだと思っても、いったんやんだのかと思うとまたもっともっと激しくなる。──もう、もしかしたら、私の一生がおわるまでずっとこの嵐は続いていって、私には、おだやかで静かな日々などというものは、決して訪れることがないのではないかと思ってしまうくらい」

「リンダさま……」

スニは心配そうに、かわいらしいハシバミ色のまるい目をしばたたいて、リンダを覗き込んだ。

「リンダさま、嵐どこ？　雨ないよ……雨もうやんだ」

「本当の雨のお話ではないの。私の人生が、いつもいつも嵐だの、風だの──津波だの、洪水に押し流されてしまって、なかなか自分のことなど、落ち着いてふりかえっているひまもない、というお話」

「………？」

「わからなくてもいいのよ。ただ、聞いていてくれればいいの。──思っていたのよ。そう……まだ、ナリスが亡くなってから……半年しかたっていないのね、って」

「リンダさま……」

「なんだかもう、まるで──あのひとと暮らしていたのが百年も前のような気さえするのよ、私。――あんまりいろんなことがありすぎて……なんだか、何もかもが、あまりにも……」

リンダはそっと目がしらをおさえた。

こみあげてくるものをじっとこらえるように、ゆたかなプラチナ・ブロンドの頭をふって、遠い庭園のほうへと目をやる。ヤヌスの塔にさえぎられている景色の両側から、かすかに遠いクリスタルの町並みが見える。その彼方には、青紫にかすんでいる遠いなだらかな山々が見える。クリスタルは平原であるから、高い建物さえなければかなり遠くまでも見はらせる上に、クリスタル・パレスのなかでも水晶宮は一番高いところに建てられている。その上に女王の居間は、地上からはかなり高みの三階にしつらえられている。

「雲が流れてゆく……」

また、リンダはひくく呟いた。

「なんだか、長い――長い夢をみていたようだわ。あのひとのことも夢……マルガのこともみんな夢……それとも、夢なのは、いまかしら。私、いま本当にふっと目をさましたら、マルガの離宮にいて……そうして、あのひとが呼ぶ声がして――『リンダ。リンダ、起きているのかい？』って……」

リンダはつと顔を覆った。スニが心配そうにのぞきこんでくるのがわかる。

「駄目ね、私——みんなが私のことをとても元気だの、いつも希望を忘れないだのとはやしておだてるものだから、一生懸命そのようにふるまおうとしているけれど——本当の私は誰よりもきっと弱くて、もろくて……うじうじしているんだわ。そうして、いったんでも動きをとめてしまいさえしたら、私の心はもろく崩れてしまう。だからこそ、私はきっと、いっときも歩みをとめないようにして、まるで狂った馬車馬みたいにせっせと泡をためながら駈け通して、そうやって、自分の心がもろく崩れてしまうことをなんとかしてとどめようとしているだけなんだわ」

「リンダさま……」

「なんだか、ねえ……スニ」

リンダは低く云った。風が上空でごぉぉと音たてて唸った。

「私、もう——なんだかとても年をとってしまったような気がするのよ。——私の人生の一番素晴しいときはみんな終わってしまった。そして、もうこのあと何年生きようと……私の人生にはもう何ひとつおこらない。もう、何も、愉しいこともなければ嬉しいこともない。恋のときめきも、苦しみも、悲しみも、いとしいひとに抱きしめられる喜びも——いとしいひとと苦しみや苦難をともにする神聖な力も……何ひとつもう私の人生を訪れない。私は、なんだか、疲れはてた老婆にでもなってしまったような気がするの。人生に疲れ、倦み果てた老婆に」

「ええー？」

スニにはこのリンダの述懐は少しこみいっていて、難しすぎたが、スニは熱心になんとか理解しようとして、毛ぶかいせまいひたいにシワをよせながら一生懸命きいていた。だが、それをきくと、やっとかなり理解できることばでもあったし、またあまりに驚いたので大声をあげた。

「姫さま何いってる？　姫さまおばあさんないよ。姫さま若いよ。姫さま若い、綺麗、みんないってる。リンダ女王様、宮廷で一番綺麗の人いってるよ」

「ありがたいことに、まだ多少見られはするらしいわ」

リンダは陰気に答えた。

「でもそれが何年もつことやら。私はなんだか、このままだとあと一年もたたずにひからびてしまいそうな気がするわ」

3

「なんだか……」

リンダはゆっくりとスカートの裾のひだを直しながらつぶやいた。その目は、遠いはるかな日々のまぼろしを流れゆく雲の彼方に探すかのように、遠い空のはてへと向けられていた。

「なんだかね、スニ。──私、とてもとても年とってしまったような気がするのは、わけがあるの。──なんだか、みんな……みんないなくなってしまった。だれもいなくなってしまった……」

「だれもいない？」

スニはけげんそうに小さな頭をかしげる。

「宮廷、大勢人いる。スニいる。女官のひとたち、いる」

「そうね。……スニは別として……たくさんのひとがいるわ。よく知りもしないし、私のことをだってちっとも知ってはいないひとびとが。私ね、スニ──私、とてもとても本当にひとりぼっちになってしまった、という気がしてならないの……」

「ひとりぼっち……」

「スニはいてくれるわ。スニまでもいなかったら、それこそ本当に私はもう、寂しさのあまり気が狂ってしまったかもしれない。でも、こんなことをいうのは本当に女々しい、弱々しい、なさけないこころのはたらきだと知っているわ。だけれども、いまとなっては私は……なんだか、『昔はなんておさなくて、何も悲しみを知らなかったのだろう』と昔の吟遊詩人が歌った、あの古い歌の年寄りになったような気持なの。……私は、なんて、自分が恵まれていて、なんでも持っているということに気付いてさえいなかったんだろう。——そうして、それがいつか喪われるかもしれないなんて、誰ひとり教えてくれなかったから、それらを持っていることの意味にちっとも気づきさえせず、大切にしようとさえしていなかったのね。私は——私はなんて馬鹿だったのでしょう」

リンダはそっと、スカートのあいだの物入れからひきだした、うすいレースのハンカチで目もとをおさえた。

「なんてたくさんのひとたちが私のまわりにいて、にぎやかで、華やかで——とてもとても辛いときでさえ、たいへんなときでさえ、私はひとりではなかった。なによりも、最愛の弟、血をわけた双子のレムスがいてくれたし——むろんお父様もお母様も——そのおふたりがむざんにもご最期を遂げられてしまったあとも、悲しんでいるいとまもなく私はルードの森を抜け、ノスフェラスをくぐりぬけ、レントの海をこえなくてはならなかった。そうして——そうして私のかたわらにはつねにレムスと……そうしてグインと——そして——そして……」

リンダはちょっと身をふるわせた。それから、何かをふりはらうようにつぶやいた。

「そして、イシュトヴァーンと……スニがいたわ……そんなにたくさんの大切なひとびとが一緒にいてくれたのだもの……どんな危難だって、恐れはしなかった。当然だったわ——私は若くて、希望にみちていて——必ず、レムスを無事に守ってパロに連れて帰らなくてはいけないという使命と——そして、必ずなんとかなるという希望と……そして……」

（そして、恋に——ああ、甘いもどかしい初恋に満ちていたのだわ。あの日々のなかで、私は……）

リンダは、あえてそのことばは口にしなかった。

ただ、そうするかわりに、レースのハンカチでいっそう深く顔をおおった。心配そうに膝にすがりつくスニの存在さえも、いっとき、忘れてしまったかのようだった。

「アルゴスに戻り、パロをついに奪還し——そして限りなく輝かしい勝利と喜びにみちた日々のなかで——ナリスにいさまが戻っていらして……」

（イシュトヴァーンとの恋は……去っていったけれど——私は……ナリスとの恋に溺れ

ていて……）

また、そっとリンダはハンカチをかみしめた。

（そして……あの日々――生まれる以前から、このひとと結婚するようにとさだめられていたひとと、たくさんの困難のすえについに結ばれ――クリスタル公妃と呼ばれるようになった、あの――まぶしく輝かしい日々……）

素晴しい結婚式、とてつもなく豪華なドレス――そして、各国の使節たち、そしていつまでも続くかに思われた披露の宴。

（あの夜……ナリスに、ひそかに抜けだしてアムブラに連れていってもらった夜）

リギアや、そしてカラヴィアのラン――ヨナ、そしてもう名前も失念してしまったたくさんのアムブラの学生たち。

その祝福にかこまれ、頬をほてらせた彼女は幸せなうら若い花嫁だった。

（あの幸せが、いつまでもいつまでも――続くとばかり思っていたのに……なんて、短い……新婚の夢だったことだろう）

甘やかな蜜月を突然に打ち破った不幸――そしてそのあとは、ひたすら、涙と苦しみと、そして戦火と業火とに翻弄されながらの日々が続いた、とリンダは思っていた。

（ナリスが――突然、何の前ぶれもなく投獄され――拷問を受け――ようやく釈放されたときには、あのひとは、生まれもつかぬ――右足を切断し、そして残されたからだの機能さえも取り戻すことのおぼつかぬからだにされてしまっていた——あんなに素晴しい、あんなに何でもよくできたひとだったのに——悪魔のようなカル・ファンの陰謀で……)

(そのことを考えるといまでもはらわたが煮えくりかえるようだわ——でも、ナリスはくじけなかった——それでも、その身動きもままならなくなったからだでいつも勇敢で、そして優しかった——この上もなく私を愛してくれた——私のことを気遣ってくれ、いつも勇敢な笑顔をみせ——あのひとは本当に、本当に勇者だった……)

(誰だって、あのひとの半分くらいの酷い運命にあわされただけでくじけてしまったに違いないのに——あんなにけたはずれにたくさんのものを持っていて——そしてそれをみんな失ってしまいながら……あのひとは、いつも、弱音ひとつ吐いたことがなかった……)

(慰められていたのは、気遣われていたのはいつも私だったわ。——私はといえばめそめそしてばかりで……あのひとの苦しみがわかっていながら、何の助けにもなってあげられず——マルガでのあの長い苦しい看病の日々……いまにして思えば、ああして、愛する——この世で一番愛するひとのかたわらにずっと、朝から晩まで一緒にいて、看病してあげられるなんて、不幸どころか……なんて幸せなことだろうとさえ、いまの私には思えるのに)

（まるで、それでさえ――私たち夫婦の受けた試練は足りない、とでもいうかのようにヤーンは私たちを追いつめ――）

アルド・ナリスは、反逆大公となり、そして大公妃リンダは実の弟である国王の手で幽閉される身となった。

そして苦難にみちた日々と、そののちのさらにおそるべき――ナリスの死、という、リンダにとってはたえがたいさいごの破局にゆきつくまでの、一瞬の油断さえゆるされぬ、激烈きわまりない変転の日々。

（あのひとは……自分があんなに早く私に別れを告げて逝ってしまうことを、知っていたのかしら……予期していたのかしら。だから――あのひとは……私を、乙女のままに残しておこう、と考えたのだろうか……）

もう、亡きひとにたずねてみるすべとてもない。

（ああ、ナリス――あなたがいなくなって、そして、次々に――グインも失踪し……クリスタル・パレスのヤヌスの塔から姿を消し――レムスは敗れてとらわれの身となり、そしてヴァレリウスもグインを探して旅立ってしまった――ディーンも、リギアも。――ルナンは死んでしまった――ファーンもいまだに正気を取り戻すことはかなわないいまだときくわ――もう、私には……何にもない。本当に、何にもなくなってしまった）

（本当に何もない。――これほど、何もなくなったことは……生まれてから、はじめて

のような気がする）

リンダは目をとじたまま、スニが心配してしきりと話しかけるのさえ、心づかずにいた。

（ああ——ひとりぼっちだわ、私——優しい、案じてくれるスニはいるけれど……すべてをなげうって尽くすと誓ってくれているアドリアンはいるけれど——私はまだ……そうよ、私はまだたった二十一歳の娘なのよ！　本当なら、これから婚約をして、結婚をして——幸せと——不幸せとをどちらもこの手に入れるために、はじめて自分の人生に船出をはじめるような年齢なんだわ。だのに私はここに——誰からも取り残されたままたったひとりで、セム族の忠実なむすめだけをお供に座り込んで、そうして自分の人生はもう終わってしまった、自分はとてつもなく年とってしまった、と——そんなことを感じているのだわ……）

（私の人生——彩りもない。にぎやかな歌もない、にぎわいもない……色彩もない……そうして、よろこびも、熱烈な恋の炎も……めくるめくときめきも、恋の悲しみや苦しみさえも——なんにもなくなってしまった。何ひとつ、何ひとつ……）

（私はたったひとりぼっち……ここにこうして取り残され、来る日も来る日も書類の山と取り組みながら……いつかはこんな日々から、誰か救い出しにきてくれるひとはいるんだろうか、とぼんやりと考えている。——なんだか、本当にもう自分が百歳の老婆になってしまったような気がしたところで、何の不思議があるでしょう。……もう、長い長いあいだ、私はこうやって閉じこめられ、何の喜びもなく、心を打ち明ける相手もなくひっそりと牢獄のようなこの場所に暮らしているような気がするわ。本当はそんなことはないのはわかっているけれど……でも)

(あまりにも、人生が味気なさ過ぎて――何一つなさすぎて……もうこのまま一生こうして、何もおこらぬまま、何の火花も喜びもないまま、十年も二十年も三十年も四十年も過ぎてゆくのだろうか、という気がして、目の前が真っ暗になってくる。――いっそもう、いますぐ、終わりにさせて、こんなむなしくわびしい人生には決着をつけてしまいたいくらい……)

(ああ、でも――私は、自分がどんなに愚かしいことを嘆いているのかは、よく心得ていると思うわ。――それは結局、自分がどんなに馬鹿で、そして手がつけられないほど我儘で忍耐強くないか、ということなのではないだろうか。――私は、自分が誰にも恋されていない、恋してもいない、といって悲しんでるんだわ。二十一歳の娘としては、あまりにも、あたりまえのことのような気だってするけれども、でも私はただのあたりまえの二十一歳の娘じゃないのよ。私は――私はパロの女王、リンダ・アルディア・ジェイナなんだわ。――それも、みずから選んでそうなった筈。――しかも……)

(そうよ、リンダ……お前はまだ、未亡人になってから、一年さえたってはいないのよ。

それどころか……この世で最愛の人、たったひとりわが夫と呼ぶ人、と思い定めたひとを失ってから、まだたったの数ヵ月しかたっていない……）

（だからこそ、もちろん――すべてに見捨てられてしまったような悲しみがあるのは当然のことだわ。どんな寡婦だって、この悲しみ、突然置き去りにされてしまった妻の悲しみは味わうに決まっているわ。それはパロでもっとも身分の高い女王であろうが、アムブラの貧しい石工の妻であろうが、まったくかわることのない嘆きであるはずだわ）

（ただ、問題なのは、お前が、もうその悲しみと孤独と寂しさとに耐えられなくなってしまっているのね、ということよ、リンダ・アルディア・ジェイナ陛下――お前は、ひとりでこの悲しみを、誰ともわかちあうこともできずに――この世にたったひとり取り残され、誰からも愛されていない、という苦しみと孤独とを抱きしめていることに、わずか数ヵ月で音をあげてしまったんだわ……なんて、愚かな――なんて、辛抱のない、なんて、子供じみた……）

「姫さま――姫さま……？」

いつしかに、リンダは、自分の苦しみにみちた物思いのなかにすっかり入り込んでしまっていたので、スニが心配してしきりと呼んでいるのにも、ほとんど気づきさえしなかった。

「リンダさま！」

たまりかねたようなスニの声に、やっとはっと我にかえる。

「あ——ああ、ごめんなさいね、スニ……私、いま……すっかり、ぼうっとしてしまっていたわ——物思いに沈んでしまって……」

「姫さま大丈夫？」

スニは、いささか恨めしそうに云う。スニの存在は、その愛らしさでリンダにとってはおおいなる慰安でこそあったが、しかし、やはり、セム族の少女に心の内を何もかも打ち明けても、賢い助言や、心を思い直すきっかけとなるような聡明なことばは期待すべくもない。そのことがいっそあわれに思われて、リンダはそっとスニを抱き寄せた。

「ごめんなさいね、スニ……私、なんだかすっかり疲れてしまったんだわ」

「リンダさま——疲れた？」

「ええ、とても——とても疲れたんだと思うの。だからこんなに、気が沈んで……そうね、なんだか暗い悲しい考えばかり頭に浮かぶのだと思うわ。本当は私、少し休んで、元気を取り戻すべきなのね、きっと」

「そうだよ」

スニは自分にわかる話になったのがとても嬉しそうであった。

「姫さま、とてもとてもお疲れてるよ。お休むのがいいよ」

「私……」

本当は、そうではないのだとリンダは思った。

それは、スニには云えない。云ったところで、スニを悲しませるだけのことにしかすぎない。だが、本当は、リンダは、誰ひとりとして相談相手もなく、ただ単にこうしているだけであまりあるほどつのりくる憂悶や鬱憤や鬱屈を、打ち明ける相手とてもいないという、いまの状況にすっかり参ってしまっていたのであった。

それはスニがいてくれてもどうにもならないのだけれども、スニは懸命にリンダの相談役をつとめようとしてくれている。だが、その心根は嬉しくても、リンダが必要としているのは、聡明で、彼女を励ましたり、力づける助言をくれたりする存在だった。自分では気付いていなかったが、ヴァレリウスが――いまの彼女にしてみれば、唯一、ナリスを失った悲しみをも、この人材不足のなかで懸命にパロを立て直し、なんとかしてもとの繁栄を取り戻そうとする苦闘をも同じ立場でわかちあえる筈の宰相が、この時期にこんなに長いあいだクリスタルをあけてしまったことが、リンダにとっては一番のいたでとなっていたのだった。

それに、ヨナもいまはいない。ヨナの聡明さと落ち着きと冷静さも、リンダにはずいぶんな慰めと支えになっていたのだ。アル・ディーンはそれに比べればそれほど身近くもないし、それほどあてにも出来ないとはいうものの、それでも、他に誰もいなければ、どうしても頼る相手となる。

聖騎士侯に一気に昇進したアドリアンでは、具合が悪かった——アドリアンはリンダをとても崇拝しているし、きわめて忠実である。個人的に、リンダにかなり強い恋愛感情を持っている分、他のものたちよりもさらに個人的な動機でも、リンダに忠実である。だが、忠実であればあるほど、恋する若者であるアドリアンは、「自分が」何もかもリンダ女王のお役にたとう、と願ってやまない。しかしもともとがアドリアンはカラヴィア子爵であり、しかも二十歳の年若である。文官としての訓練などまったく受けていないし、それに十代の本来なら王立学問所で真面目に勉学していろいろと知性と教養とを磨くべき年齢にすでにパロ内乱の嵐に巻き込まれ、長いあいだ地下牢に投獄されていたり、さまざまな憂き目をみてきた。その分、経験をつんだとは云えるかもしれないが、それはあくまでも武官としての経験にすぎぬ。それに、リンダはその辺はけっこう年齢のわりに聡明だったので、自分に熱烈に恋している若者を自分の相談役にすえるような態度をとることで、アドリアンに何か誤解されたり、勘違いされる危険をおかしたくなかった。アドリアンはいい少年だったし、武人としても将来のカラヴィア公としてもたいへん頼りになる、とリンダは考えていたが、どう考えても、あのクリスタル公にしてパロ聖王であったアルド・ナリスのあとに、夫としてアドリアン・カラヴィアスを選ぶことは想像もつかなかったからである。その意味でも、何かうかつに希望を与えてしまうような行動は、リンダはとりたくなかったのだ。

彼女に本当に必要だったのは、リギアだったかもしれないし、またヴァレリウスだったかもしれないが、とにかく、年上で相談相手になってくれ、しかも必要以上に差し出がましく決定に口を出してこないようなタイプの人間であった。といってアドリアンが差し出がましくするだろうということではなかったが——リンダはアドリアンと同じ理由で、しかももっとずっと初歩的な段階で、今回自分が抜擢した若い新貴族たち、新重臣たちをつけあがらせたり、くみしやすしとおのれのことを思わせたくなかった。ことにアドリアンならば、もうリンダの気性もあるていど知っているが、弱冠二十一歳の、しかも美しく未亡人になったばかりのうれいに沈む女王、などというと、あらぬ夢を描いて、あわよくば、などと思う馬鹿者が、いないとも限らなかったからである。

「女がひとりで生きてゆくのって、とてもとても大変なんだわ、スニ」

スニを膝に抱きかかえて、そのぬくもりに心やすらぎながら、リンダはつぶやくようにいった。

「………？」

スニは、話の飛びようについてゆけなかったらしく、ちいさなまるいハシバミ色の目をぱちぱちさせながら、じっとリンダの顔を見守っている。

「わからなくてもいいから、ただきいていて頂戴。私にはそれが必要なんだから」

「………」

「本当に、女が——ことに若い女がひとりで生きてゆくのってそれはそれは大変なのね。もういやになってしまうくらい——すぐにあらぬうわさをたてられたり、あらぬ目で見られたり……ちょっと寂しそうな顔をしてもすぐに、『ではわたくしがお慰めして』なんて言い出すいやなおじさん貴族とか出てきそうだし、もっといやな目で見る人だっているかもしれないわ。私のひがめかもしれないけれど……私が頑張って肩肘はって女王の仕事を無事にやりとげようと頑張っていればいるほど、うしろで（無理してるよ）って嘲笑われているような気がするの。ああ、そうだわ」

リンダは思わず深く大きくうなづいた。

「いまになってやっと私、あのころのレムスの気持がよくわかってきた気がする。しかもあのころはあの子はまだたったの十五だったのよ。即位したのが十五になりかけのときだったですもの。そして、十六歳、十七歳と、本当ならまだ王太子としてのんびりとやりたいことをやったり、王になるための勉強をしていられる時期にもう、パロという伝統ある国の王として、なんでも知っていなくちゃいけない、なんでも出来なくちゃいけない、それが出来なければ馬鹿な子供にすぎない、というような意地悪い目で見られていたんだわ。——そうねえ、私、どうしてあのとき、もっともっとレムスの気持をおしはかって、あの子の味方になってやることが出来なかったのかしら。いまとなってみるとなんだか何もかも夢のような気がするけれど……私、あのころ、あの子が苛々していること、ひどく気を立てていることそのものに苛々して、本当にしょうのない子だとしか思っていなかったわ。でも、いざ自分がその立場になってみれば、とうてい、ほかにあの子には、どうするすべがあったんだろう、って思い至るわ。……本当に、ひとって、自分がその立場になってみるまでは、まったくひとの気持なんてわかることが出来ないものなのねえ」

「姫さま……」

「その意味では、いまになって私、本当にレムスに可哀想なことをしたし、レムスがいろいろとあのあと大変なことになっていったのについては、私の責任もおおいにあるんだと思ってとても忸怩たるものがあるわ。――私がもっとちゃんとしていれば……いろいろな悲劇は全部避けられたかもしれない。なんといっても、もう、パロ聖王家の末裔として、二人だけのきょうだいだったのだし……どうして、私、もっとレムスのよき相談相手になってあげることさえ出来なかったのかしら。たぶん、あのころは……」

リンダは思い出すように遠い目になった。

（そうだわ……私はあのころ……最初はイシュトヴァーンへの、それから次にはナリスへの……恋心に悩んで、まわりのことなんか、何もかもどうでもよかったんだわ。――本当に、恋する娘なんてしょうのないものね。弟が悩んでいるかどうかなんてこともどうでもよかった。……ひたすら、自分のことしか考えてはいなかった。ずいぶん、身勝手だったものだわ……それに、なんて遠い昔に思われるんだろう。遠い遠い昔……百年もたってしまったような気がする……）

「もちろん、いろいろなものごとは……ヤーンのおぼしめしだわ。だからいかに、私が頑張ったからって、いろいろなことがこのようになって……それは避けることは出来なかっただろうけれども……でも、少しは……変わっていたはずだと思うのよ。そう思いたい、のかもしれないけれども……」

「……」

「ああ、もう一度いろいろなことをやり直せたらね！――ああ、でもだめね、いったいどの時点に戻ってどこからやり直したいんだ、ってきかれたら、私は途方にくれてしまうと思うわ。だって自分でも全然わからないですもの。どうしていいか――どの時点も私には、とてもとても大切に思われて――それに……どのときにも、私はちゃんと必死に、そのとき一番よかれと信じた行動しかとらなかったはずで――そうしてその結果ここにきてしまったのだったら、どの道を通ってどのようにふるまっても、やっぱりそうなってしまっただろうとしか思われないのだから。……ああ、でも――帰れるものなら、帰りたい……あのマルガへの新婚旅行の日々に……あの……蜃気楼の草原にさえ……もう、私には……ほかに何もないんですものね……え？」

「姫さま、誰かきたよ、スニきく」

スニがいそいでリンダのスカートからすべりおりて、ちょこちょことバルコニーと室内を区切る扉をあけ、中に入ってゆくのを、リンダは見送った。

スニはすぐに戻ってきた。

「リンダさま、お使いの人、お手紙持ってきてご用件お口でいいたいんだって」

「お使い？　どちらから？　ああ、いいわ、いまゆくわ」

リンダは、ささやかな、小さな小休止の時間さえも終わったことを悟った。

ほっ、と低い吐息をもらして居間へ戻ってゆく。だが、このしばらくで、リンダはそのような切り替えを身につけていたので、居間に入っていったときには、少なくともちゃんとしたパロ女王の顔になっていた。

「陛下のおくつろぎをお邪魔いたし、はなはだ申し訳ございませんが、急ぎのおことづけをお預かりして参りましたので……」

片膝をついて丁重に、書状の入った箱を差し出している使者をみて、リンダはちょっと眉をひそめた。それは、白亜の塔所属を示すお仕着せをまとった若い女官であったからだ。

「申し訳ございませぬ。これを、レムス前国王陛下より……お預かりしてまいりました」

女官は云った。そして、両手で捧げもつようにして、黒い、象嵌を施した細長い箱を差し出したのだった。

4

「なにごと?」

使者にたった女官を先導してきた、女王づきの女官が、その箱を受け取って、丁重にひもをとって中身をあらためため、うなづいてリンダに差し出した。リンダがきくのへ、

「恐れながら、内容については、わたくしはうけたまわっておりませぬので……どうぞ、ご披見の上……」

白亜の塔の女官はひくく頭をたれた。

リンダは眉をひそめながら、女官たちを次の間で待っているよう命じ、机の前に座った。だが、書状をひらいて中身をさっと読み下したとき、彼女のおもてはさらにひきしまった。

「これは……」

くちびるをかみしめ、少し考えてから、リンダは、女官を呼んだ。

「これを持ってきたお前は、レムスづきの女官なの?」

「おそれながら、女王陛下。わたくしは白亜の塔づきの女官でございます。特にレムス前国王陛下のおそばづかえとして、陛下ともども白亜の塔に引き移ったという者ではございませぬ」

「白亜の塔を守護しているのは女王騎士団の精鋭だわ。その指揮官の伝令がではなく、女官のお前がこれを持ってきたのは何故？」

「おそれながら、陛下は女人であらせられますので、女性の伝令がふさわしかろうと、白亜の塔を守護いたしますサウリス隊長閣下が判断され、わたくしが選ばれたのでございます。ほかに他意はございませぬ」

「お前が特にレムスに気にいられているとか、そういうことではないのね？」

「わたくしは直接には前国王陛下のお世話をする立場にはございません」

「そう。——ちょっとこれは私がこの場で返答が出来るような話ではないわ。執務室にゆくから、ノーラ、当番の魔道師を呼んでそちらに待たせておいておくれ」

「かしこまりました」

「お前は名はなんというの？」

「エラでございます。女王陛下」

「エラね。ではお前は私と一緒にきなさい。そして執務室で魔道師の質問に答えるように」

「かしこまりました」

女官のエラは、おとなしくこうべをたれた。特に、態度にも異常も何も感じられなかった。

(私が神経質になりすぎているのかもしれないけれど……)

女官たちとスニとを従えて、足早に執務室に向かって歩きながら、リンダはいまさっと読んだ書状の内容について考えをしきりとめぐらせていた。

レムスからの書状とは、非常に大きな心境の変化が生まれたにつき、ぜひとも姉上である女王陛下にじきじきにお目にかかってお話がしたい、という内容のものであった。

アモンの黒魔道、ひいてはキタイ王の黒魔道の陰謀のために心身ともに非常に大きな試練にさらされ、激しい打撃を受けた前国王夫妻が、それぞれに別の塔に軟禁状態となり、そして丁重な看護と同時に厳重な看視を受けるようになってからもうずいぶんたつ。

アルミナもと王妃はいまだに完全には正気に戻らず、体調はかなりよくなり、また、以前のように恐怖におののいて発作をおこしたり、悲鳴をあげつづけて人々を困らせるようなことはかなり減ったとはいいながら、まだ半分以上眠って過ごしているような状態である、という報告は受けていたが、一方レムス前国王のほうは、いたって順調に回復しており、もう、天気のよいときには頼んで塔の高い壁にへだてられた中庭だけではあったが、青い空のもとで外気にふれて散歩までもしたがるくらいに元気が出てきた、ということであった。

とはいえ、まだやはり非常に大きな打撃をうけた後遺症は残っていたには違いない。それに、何よりもリンダが心配していたのは、レムスが「本当に、完全にキタイ王や怪物王子アモンの影響下から脱し得ているのであろうか」ということであった。

それについてはヴァレリウスもいたく案じており、ともかく、いったん時がきてものごとが落ち着いたら、本格的にレムスへの対策にかからねばなるまい、と考えていたのであるが——

むろん、ヴァレリウスの考えていたその対策とは、魔道師ギルドの魔道師たちによって精密にレムスの精神状態や脳のようすなどをありったけ検査し、調べあげ、そしてもうどこにも操られている痕跡がないかどうか、完全に正気に戻っているかどうか、《魔の胞子》の痕跡などはないかどうか、といったことを徹底的に調べあげる、ということであったのだが。

だがリンダのほうは、おのれの血をわけた双子の弟であるだけに、もうちょっと先のことまで考えていた。

（レムスは……まだ私と同じ二十一歳だわ。これからさきの人生をすべて、もう白亜の塔とはいわずとも、たとえばどこかの地方で軟禁状態のまま過ごさせて、ひとたびおかした致命的な罪のゆえにあとは長い長い一生がすべて罪のつぐないのための余生となってしまう、などということは……あまりにも、ふびんすぎる。……それに……もしもレムスが本当にちゃんと正気にかえってくれて、私の右腕としてパロの統治を手伝ってくれるのなら、こんなに助かることはないわ。もちろん、いろいろとレムスのもとからの性格が持っている危険はあるだろうけれど……）

（でも、私ひとりでは、これは無理だわ。——ヴァレリウスが戻ってきても……あの人だって相当に無理をしている。いまのパロは、本当に人材不足だし……レムスはいったんはとてもいい王になろうと努力をしていたのだもの。女王としての最終的な決定権をさえ私がきちんと保持していれば……もう二度とたぶん、レムスが国王に復帰することは、レムスのためにたくさんの被害をこうむったパロ国民が許さないにしても、少なくとも、後見役や——摂政までは無理としても、レムス大公、というような地位をあたえて……なんとか、宮廷に復帰させることが出来ないものか……）

（もちろん、いますぐにとはいわない。まだあと数年はほとぼりがさめなくては無理だわ。ことにカレニアやマルガ——ナリスのために、レムス軍とたたかい、壊滅的な打撃を受けた忠誠な地方は、全員がレムスを深くうらみ、憎んでいる。また、困ったことに……クリスタル市そのものもかなりそうだわ。魔道師にさせた調査では、クリスタル市のギルドのものたちはみな、レムスに対して非常に悪感情をもっていることが明らかになった。——そう考えると、レムスが本当に本心に立ち返っているのだったら、むしろ

レムスはクリスタルを離れてもらったほうがいい）

（どこかに……大公領をつくり、そちらに移ってもらって――そこを統治させながら、実績をつんで少しづつ、中央へ復活する手順をふんでいってもらうことが出来れば――あと十年たったって、レムスはまだ三十一だわ。……それからだってパロはあの子を必要とするはず。――十年たてば、いまのこの惨禍の被害だってずいぶんとならされ、時の彼方に忘れられる――そうすれば、人々は、レムスをまた受け入れてくれるかもしれない）

（やっぱり私は姉だから……このままレムスが軟禁されたまま、不幸な苦しみにみちた一生を送るというのはあまりにしのびないわ。――もともとは私のせいもあったかもしれない、私がもっとあの子のことをわかってやればよかったかもしれないのに、あの子だけがそうやって不幸になってゆくというのは、たえがたいほど悲しいことだわ……）

そのように思ってはいる。だが、それはそれ、まだずいぶん先のことでなくてはならぬはずだ。

まだ、パロ内乱はようやくおさまってから、いくらもたっておらぬ。まだ町々に戦火の傷あとは生々しく、人々の心身にも傷口はふさがっていない。ことに、マルガ、カレニアなどの、大きな打撃を受けた地方都市はいまだにまともな経済や流通さえ回復しておらぬし、マルガ騎士団、カレニア騎士団もいまだ、再編成して再出発することを得ていない。ほぼ半数以上、部隊によってはほとんど全員が壊滅状態になったまま、補充しようにも、それぞれの地方にもう、若い男性が払底してしまったのだ。その傷がいえるためには、あらたな生命の誕生があり、流通が回復し、町々が復興し——中央パロ政府もそれにおおいに援助の手をさしのべ、緑がまた廃墟に芽吹き——いくつもの年月を経て、それからでなくてはなるまい。

だが、クリスタルそのものがまだ、そこまで元気を一気に回復してはいない。クリスタルは薄紙をはぐように回復してはいるが、いますぐにたとえば、どこかの軍勢が攻め込んでくるようなことがあるとしたら、ほとんど一瞬にして陥落するに違いない。一応、ケイロニアとのあいだに条約は結び、万一のさいにはケイロニア騎士団の力を借りられる、という協定は出来ている。だが、現在のところパロに駐屯しているケイロニアの騎士団は、グインの命令を受けてじっとグインの帰還を待ちつつクリスタルにとどまっているグイン直属の《竜の歯部隊》一千だけだ。ほかのものは、当面はクリスタルの内政がおさまりつつあるのをみて、いったん、ケイロニアの基本方針である「内政不干渉主義」にもとづき、クリスタルを引き上げたのだ。むろん《竜の歯部隊》はいざとなればあてにすることは出来るだろう。だが、いま戦さになれば、ケイロニアの増援を頼んだところでたぶん間に合うまい。パロにはいま、まったく戦いを受けてたつだけの力はないのだ。

（いまのパロは裸だわ――傷ついた裸の幼児、それがいまのパロ、いまの私。……このなかでもし、万一にも……レムスが、本当には……キタイの影響、アモンの操る黒い陰謀の影響を脱していなかったとしたら……）

そのさいには、パロ三千年の歴史はすべてついえ、これが本当のパロの長い歴史の終焉のときとなるだけのことだろう。

（私の代で……私が女王となったばかりに歴史ある神聖なパロ王国が終焉を迎えてしまった、などとは……決して、そんなことにはしたくないし、させるわけにはゆかない……）

その思いだけが、リンダのなかにつねに激しくある。

「陛下。当直の魔道師ギランが参りました」

「すぐ通して」

執務室に入り、リンダは執務机の前の椅子にかけた。黒い不吉な姿が入ってきて、丁重に膝まづく。

「お呼びでございましたか。リンダ女王陛下」

「この女官が、白亜の塔から、レムスの書状を託されてきたというの」

リンダはきびきびと云った。

「いますぐにこの女官を調査……走査？　なんというのかしら、魔道で調べて、なにものかに操られていないかどうか、またレムスの書状になんらかの魔道の手が加えられていないかどうか調べて頂戴。それから、何人か、信頼出来る魔道師をいますぐ白亜の塔にやって、レムス自身の状態についても、同じ——そう、つまり、だからなにものかに操られているかどうか、何かの魔道の影響を感じるかどうかを調べてほしいの。できる限りでよいから」

「かしこまりました」

うっそりと答えて、ただちにギランはマントに隠されていた骨ばった手をあげて、いくぶん怯えたようすの女官のエラにむけてかざした。

「痛いことも恐しいこともありません。いま少し、こちらへ」

「は、はい」

「ちょっと、変な感じがすると思いますが、何もからだに影響はしません」

魔道師が、手で丹念に、女官のからだの少し外側の空間をなぞるようにしてゆくのを、リンダは興味深く眺めていた。その掌から、女官のからだにむけて、白いすきとおった炎のようなものが走ってゆくのが、霊能者としての力をかなりそなえているリンダにははっきりと見える。通常では、それは魔道師の訓練を受けたものにしか見えないだろう、ということもわかっている。

リンダの見ているかぎり、女官の全身のどこをくまなくそうして探査しても、色合いがかわったり、魔道師がはっとするようなことは何もなかった。

「このお女官殿には、何も異常はございません。ごく尋常におつとめを果たしておられるだけのことと思われます」

「有難う。ではこの書状を探査して」

「失礼いたします」

黒い箱からとりだした書状を、魔道師は内容を見ないよう、下向きに執務室の机の上に伏せた。そして、同じように手で少し上の空間をなぞっていった。

「やはり、魔道の影響は感じられませぬ」

今度は、探査に少し時間がかかったが、ギランがうっそりと告げたのは、そのことばであった。

「ごく通常の書状と思われます。ただいまの間にレムスもと国王陛下の探査も仲間の者に命じてすまさせましたが、いまのところは、特に、前回の詳細な検査のあとから、特にかわったところもお見受けはいたされませぬようだ、という報告がいま、心話にてございました」

「そう。ではそのことをあとで書類にして、私のほうに出しておいてくれるようにね。のちのちの証拠になるように」

「かしこまりました」

「わかったわ、エラ。下がってよい。ギランも、下がって。ああ、ただ次の間でちょっと待っていて」

「かしこまりました」

「御意のとおりに」

女官と魔道師が下がってゆく。リンダは、くちびるをかみしめて、ちょっと自分の肩のうしろをふりかえるような動作をした。それから、ちょっと唇をゆがめた。

(ばかね、リンダ……私にはいまはもう、誰にも——相談できる人はいないのよ……少なくとも、こんな重大な問題を、責任をわかちあってくれ、と頼むにたるような腹心は、いまの私にはひとりもいないのよ……)

(ヴァレリウスは……いつ戻ってくるのだろう。……予定よりずいぶん遅くなっているし、いつ帰国予定、という連絡も……あるときから、かなり奥地に入ってしまったらしく、とぎれがちになってしまっている)

(しっかりするのよ、リンダ——こんなときこそ、私ひとりで留守を守っているみたいなこんなときこそ、しっかりしなくては——第一、私は留守を守っているわけじゃない。私こそが、この国のあるじ、最高権威なのだから……)

ふっと深い吐息をもらして、リンダはもう一度、レムスからの手紙をよくよく読み返した。

それから、心を決めて、執務官を呼ぶ呼び鈴を鳴らした。

「お呼びでございましたか」

「今日のこれからの予定を教えて」

「はい。到着のおくれておりますタリアの使節につきましては明日まわし、まもなくルアーの五点鐘でございますので、お茶をかねてパロ淑徳夫人連盟の代表の皆様と半ザンの謁見がございます。お茶菓子がふるまわれます。しばしお休みいただいたのちに、夕刻の謁見が二件ございます。いずれも重要度中、最初のものが穀物ギルドのギルド長ヌカス殿及びその配下の方々、次のものは経理についての定期ご報告に経理官が三名参ります。そののちしばしお休みいただき、お夕食は本日は新聖騎士侯ほか四人の武将のかたがたをお迎えしての懇親会を兼ねております。その後……」

「もういいわ。明日の予定は。ついでにあさっても」

「はい」

明日もあさってもうんざりするほどにぎっしりとこまごまとした予定が詰まっていた。リンダは考えこんだが、

「その、明日の朝一番の、建築ギルドの謁見を申し訳ないけれど、午後の一番にかえるように手配して下さい」

心をきめて云った。

「そこにはちょっと重要度最高の予定が入ることになりました。それについては執務予定には入れなくていいわ。私がわかっているから。——二番目の予定までには確実に執務室に入ります。それから建築ギルドのほうは、お詫びのかわりに、昼食をともにするようにしてあげればいいわね」

「かしこまりました。そのようにとりはからいます。昼食が、それでは建築ギルド代表と、それからジェニュアの大僧正猊下ご一行と御一緒になりますが、よろしゅうございますか」

「テーブルを別にして、私が二個所まわれるようにしておいて。大丈夫よ、少しづつ二倍食べるから」

リンダは苦笑した。

「こんな特例をたくさん作っておいたら、私はいまに伝説的なユラニアのルビニア公女みたいに太ってしまうわね。まあ一度くらいならいいわ。じゃあ、外に魔道師のギランが待っているはずだから、交代して頂戴」

「かしこまりました」

「ギラン」

魔道師がまた入ってくると、リンダは云った。

「明日の朝一番で、私は白亜の塔に出むいてレムスもと国王と面会し、個人的な会談をしなくてはならぬことになったの。でも私には、まだレムスがすべてキタイの影響、アモンの影響を抜けきっているのかどうかについてやや不安があります。それで、明日の当直でもよいし、そのほうが担当するのでもそれは魔道師ギルドの都合どおりでかまわないので、誰か確かなものが、何人かの魔道師をひきいて、魔道で私を護衛できるように用意させて」

「かしこまりました」

「私とレムスが話している内容は聞かれては困るの。遠くから、結界を張って私たちをそのほかのすべての悪影響から守れるようにさせてほしいのだわ」

「心得ております」

「何人くらい、いればそういうことが出来るの？」

「白亜の塔のように場所が限定されている場所でございますから、十人の魔道師をしかるべく、塔の外側に魔法陣の配置をし、結界を維持させれば、よほど強力な魔道師が介入してこぬかぎり、万全かと思われますが」

「わかったわ。じゃあその手配をして」

「かしこまりました」

「朝一番よ。私はまっすぐに白亜の塔に出むくから」

「は」

「それにこのことは……私が白亜の塔で、レムスもと国王と個人的に会談した、ということは、いうまでもないけれども、一切誰にも口外せぬように」

「心得ております」

「お前たち魔道師は無駄口をきかないからいいわね」

ちょっと感心してリンダは云った。

「そういう点はとても私、見習わなくてはいけないわ。——では、有難う、今日の用件はそこまでよ。ただ、万一にも、今日はなんともなくても、明日までに——私が白亜の塔に出向いたらそこにはワナがはりめぐらしてある、などということになられては困るわ。明日私がゆく前にまた、今日よりもっと厳重にレムスの状態の調査をしてほしいの。それと、今夜、白亜の塔に何か——」

「黒魔道のパワーが寄りつかぬように結界をはり、看視いたします」

「そう、それをお願いしたかったのだわ。じゃあ、とにかく決して何も近づけぬようにね」

「かしこまりました」

魔道師が頭を下げて、さがってゆく。すぐに執務官が入れ替わって入ってきた。

「それでは、午後の御予定を開始させていただいてよろしくありましょうか？」

「ああ、いいわ。まずパロ淑徳夫人連盟だったわね」

それは、おもてむきは、ギルド長夫人たちや、貴族の令夫人たちが作っている社交組織ではあったが、いまの衰え、必死に復興しようとしているパロ、そしてクリスタルにとっては、正面からのものごとでないと受け付けず、なかなか手間のかかる旦那たちに比べると、奥方たちのほうがはるかにやることも早いし、てきぱきともしていた。それで、リンダは、女性たちをもっとたくみに利用しよう、ということを思いついて、ギルド長夫人たちや、貴族の夫人たちを組織化し、ことにアムブラの活性化やさまざまなパロの再興の手だてについて、自分の相談役のような、同時に無料奉仕の夫人部隊のようなものになってもらおうと考えていたのであった。彼女は貴婦人たちにとても人気があったので、貴婦人たちは孤軍奮闘するリンダ女王にとても同情的で、なんでも協力してくれたのである。

(これから、お茶をしながら奥様方とお話をして、そうだわ、もうちょっと寄付をつのってもらう話を……マルガへの義捐金の話だとか……それから、確かマリア伯爵夫人もおいでになるはずだから、マリア伯爵領からの借入れを頼んでもらうように……それに……忘れないようにしておかなくちゃ……)

そのあとも、夜遅くなるまでぎっしりと、社交だの、実務だの、政務だの、謁見だの、といった仕事が何もかもごちゃごちゃといっしょくたになって入っている。本当ならなにも女王の彼女がやらなくてもいいようなものから、絶対に女王でなくてはならぬかわり、そこまでのおぜんだては本当はすべて担当者がやるべきだ、というようなものまで、いまのクリスタル宮廷では、本当にこれこそまさにごった煮状態というべき、味噌も糞も一緒の状態がずっと続いているのだ。

(きょうも私は……これでよかったのかしら、何かきっと忘れているんじゃないか、何かとても重大なことをこぼしてしまっているんじゃないかという不安にかられながら、夜おそくなってやっとベッドに入り——入ったとたんにもう、気絶するみたいに眠ってしまうんだわ。何も物思うひまさえなく……)

もうずっとそんな疲れきって何も考えるゆとりもなく墜落するように眠る日々が続いている。それは一方では、亡きひとを思い出して枕を濡らすことがなくてよいのかもしれないが、一方では、あまりにもゆとりがなさすぎる。

そう考えればさっきのバルコニーで雲を眺めていたほんのいっときは、ごく貴重なものであったのかもしれなかった。

(ああ——もうじききっとヴァレリウスが帰ってくる……帰ってきてくれさえすれば、少なくとも……私のこの孤独感だけは癒されるだろうし……そうこうするうちにヨナだって戻ってくるだろうし……ディーンは……まあ、戻ってこないかもしれないけれど、それはそれで……)

(頑張るのよ、リンダ……ものごとは確実によくなっているわ。少しづつ、パロの状態はよくなっているし……それを信じて頑張るのよ。でないと、本当にまずお前が参ってしまうわ……)

リンダは突然にひどい疲労感を覚えた。こんなときにもしも、グインがかたわらにいてくれたらどんなにいいだろうと、ふっと彼女は思った。

第三話　真珠再会

1

（レムス……）

翌朝。

約束どおり、彼女は、迎えにきた魔道師部隊に守られて、女王専用の白い馬車で、女王宮から出てひそやかに白亜の塔へと向かった。

同じときに生まれ、《パロの二粒の真珠》と呼ばれて育ってきた、双子の弟と、直接に顔をあわせるのは、だが考えてみるとずいぶんと久しぶりであった。クリスタル・パレスが陥落し、レムス国王軍が敗れ、ケイロニア王グインとゴーラ王イシュトヴァーンの援軍を受けて神聖パロ軍がクリスタル市解放を果たしたのち、レムスはただちに重大な罪人として白亜の塔に幽閉された。身辺に何不自由もないようにとは注意が払われていたが、それよりも、何よりも神聖パロ軍がもっとも厳重に注意をおこたらなかったのは、レムスがまだ、その体内にキタイ王ヤンダル・ゾッグの魔道の種子を宿しているのではないか、ということであった。キタイ王はキタイでおきた内乱のあおりをうけて、完全にパロへの侵略から撤退した、と通常は思われていたが、何分悪賢いキタイの竜王のことゆえ、「そうと見せかけて」ただひそやかに、なりをひそめ、ほとぼりがさめてパロの人々の警備がゆるむのを虎視眈々と待っている、ということは充分にありそうに思われたのだ。

それゆえ、いったんキタイ勢力の魔道によって憑依され、操られていたレムスが、まだすべて完全に「シロ」になったかどうか、については、魔道師ギルドは全力をあげてもなおかついまひとつ自信がなく、そのかわりに、いっそう警備を厳しくして、すべてのあやしい勢力がレムス王に接近することを不可能にすることで危険を未然に防ごうとしていた。白亜の塔にはたえず、最初のうちよりもずっと増やされた一大隊がその周囲をくまなく取り巻いて警固し、いっさいの外部の者が近寄る余地はないようにされていた。さらに白亜の塔のまわりには、外敵の侵入を防ぐ高い石壁があらたにもうけられて、厳重な検査を経て許可証を得ないかぎり誰も白亜の塔の中に入ることはできなかった。

また、女王騎士団の一個大隊と同時に、魔道師ギルドの魔道師部隊がたえず、五十人の大編成でもって、結界をはり、レムス王の身辺を見張っていた。その魔道師たちもしょっちゅう十人づつ入れ替わり、同じものが常駐していることによって、なんらか黒魔道の接近を許すようなことが不可能なように考えられていた。

一方では、レムスもと国王が、少しづつ、健康を取り戻している、という報告は、おりにふれてリンダのもとにもたらされていたが、しかし、精神状態そのものはあまりはかばかしくないようだ、という知らせも同様にもたらされていた。ことに、夜になると沈み込んだり、恐しい記憶に苦しめられて発作をおこし、叫び狂い、狂乱することもなくはない、という報告であった。

リンダは報告に心をいためたが、しかし、逆に自分がいま、弟と面会することによって、弟のようやく少しづつ、薄紙をはぐように回復しつつある精神を激しくゆさぶってしまうことを強くおそれてもいたし、また、レムスのために受けたさまざまな苦しみや悲しみに、どこまで自分がなにごともなかったかのように愛情深く忍耐強く弟と対してやれるかにも自信がなかったので、あえてレムスと対面することを避けていた。またヴァレリウスも、それがよいだろうという助言をしていたのである。

ヴァレリウスのほうはあるていど定期的にレムスの様子を見、《魔の胞子》やほかの黒魔道の影響を調べる調査にも立ち合っていたが、それももうヴァレリウスがグインを探してケイロニアに出発してしまってからはむろん途絶えている。

(ヴァレリウスなしで……白亜の塔に入ることは、もしかしたら、とても危険なことかもしれないけれど……)

ヴァレリウスがいたら、止めるかもしれない。少なくとも、すぐれた上級魔道師であるヴァレリウスさえいてくれたら、一緒にゆく、ということで相当に魔道によって受けそうな危険は避けることが可能だろう。だがそれを云っても仕方がない。

(それに……ほかのものたちだって、一応は、魔道師部隊を率いることを許されているのだから、一級魔道師だったかしら……一応、それなりのところまで昇進している、騎士たちでいえば騎士長だの、中隊長だのといったものたちに違いないのだわ。だから——たぶん、これだけの人数を揃えていれば大丈夫……)

奇妙なまどいや不安は、リンダの心からなかなか去ってゆかなかったが、しかし、リンダは正直、レムスに会いたかった。

たとえ、いっときは宿敵のようになり、自分の夫と弟とが、たがいの命をねらって戦う、あさましくも恐しい内戦状態に陥っていた、といっても、リンダにとっては、戦っていたのは最愛の夫と、そしてただひとりの血肉をわけた弟である。父母を黒竜戦役で失ってからこっち、ずっと幼い双子どうし身をよせあい、助け合い、かばいあって生きてきた、ただひとりの姉であり、弟である。

いま、すべてのものたちに見捨てられたような寂しさを感じているリンダにとっては、この《弟》の存在は決して小さなものではなかった。

(もしもレムスが……なんとかして、また私のそばにいてくれるようになれさえしたら……それは無理でも、でも、幸せに元気に暮らして、ときたま会うことができるようになったら……私はきっと、本当に幸せな気分になれると思うの……）

今朝、支度をととのえながら、スニに、きかせるともなく語ったことばを、リンダは思い出していた。

（もう二度と……これだけのことがあったあとに、もとどおりのパロの真珠たちに戻って仲良く暮らすのは無理かもしれないけれど……でも、せめて、レムスが……ふつうの人として幸せにやっていると思うことが出来れば……）

いまのままでは、それも無理なのだろうか、と思う。それも見極めたいので、本当は、リンダも、レムスのこの「会いたい」という書状は、渡りに船という思いはあったのだ。

（ヴァレリウスには……怒られるかもしれないけれど……）

「陛下。白亜の塔につきましてございます」

馬車がとまり、低く魔道師の声がかけられた。きのうの魔道師とは違うもののようだが、深くフードをかたむけた魔道師たちはみな同じように痩せて長身で陰気に思われ、リンダには、よく魔道師どうしの見分けがつかない。

「有難う」

目立たぬよう、黒づくめの地味な飾りもないドレスに、上からすっぽりと、魔道師のマントと見まがうばかりの黒いびろうどのフードつきマントをつけたリンダは、手をさしのべる女官をことわって軽々と馬車からおりた。

目の前に、かつての王妃宮に馬蹄型に囲まれるようにして、白亜の塔がそびえたっている。リンダは思わずぶるっとかすかに身をふるわせた。いくぶんの後悔が押し寄せてくる——来なければよかっただろうか、という不安にみちた後悔だ。白亜の塔は、リンダが、スニもろとも、長いあいだ弟レムス自身の手によって幽閉されていた塔であった。その塔に、こんどは、いわばリンダの命令によって、レムスが閉じこめられることになった、という運命の皮肉を思わずにはいられない。

もともとは美しい白大理石ですべて作られ、きわめて美しいフォルムをもった、優美で力強い、クリスタル・パレスの誇るたくさんの塔のなかでさえ、大きさと美しさとできわだっていた白亜の塔である。そのたたずまいは何ひとつ変わってはいないけれども、いまはかつてとはまったく違った陰惨な任務を負わされている、と思って見る目のためか、かつてのような優美で誇りやかな輝きのかわりに、どことなく陰気な、暗く沈んだ瘴気めいたものが立ち上っているように感じられる。それは、かつて、囚人たちを閉じこめておくための場所であったランズベール塔やネルバ塔が持っていたのと同じ、そこに閉じこめられて呻吟するものたちのうらみつらみと苦しみとが澱となってよどみ、そしてたちのぼる瘴気であるのかもしれなかった。

(……)

何があろうと、後悔することなど、するものか――リンダはかわいらしいサンゴ色のくちびるをかみしめた。そして、負けん気をおもてにみなぎらせて、銀色の頭をそびやかすようにして、白亜の塔のなかに入っていった。

白亜の塔づきの女官たちと小姓たち、それに白亜の塔を警備している衛兵たちが、入口に列を作って女王の到着を待ち受けていた。一人の武官が進み出た。

「恐れながら申し上げます。それがしは白亜の塔御守護を申しつかっております、女王騎士団第三大隊長、サウリスでございます。女王陛下のおこしがあるとうけたまわりまして、ひとつだけ、お願い申し上げなくてはならぬ儀がございましてこちらにてお待ち申し上げておりました」

「何なの？」

「囚人のことについてでございます。――囚人、と申しますか、レムスもと国王陛下でございますが、陛下がおられるのは七階だてのこの塔の五階であられます。しかしながら、それがしといたしましては、女王陛下が五階までおこしになることにいささかの不安を覚えますので、何卒、ご面会は、一階に囚人を連れおろしまして、その上でお願いいたしたく――囚人は決して五階より下に下ろさぬように、とヴァレリウス宰相閣下よりかたく申しつかっておるのではございますが、塔を守護する魔道師分隊の隊長レイン一級魔道師とも相談の上のお願いでございます。何卒陛下のご特例をもちまして、一階までレムスどのをお連れすることをお許し願わしく」

「おかしなことをきくものね」

リンダは眉をしかめた。

「どうして、五階に私がいってはいけないの？　一階にレムスを連れてくるのだってべつだんかまわないけれど、五階まで私がいってはいけない理由はなに？」

「それについてはわたくしより御説明申し上げます」

うっそりと、かたわらから、黒衣の魔道師があらわれた。

「一級魔道師、レインでございます。ヴァレリウス宰相より、白亜の塔を守護する魔道師の長をおおせつかっております。――ヴァレリウス宰相閣下は、レムスもと国王陛下をこちら白亜の塔に収容なさるさいに、四階と五階とのあいだにきわめて厳重な魔道の封印をなさいました。そして、五階と六階だけをレムスどのの居室及びそれにまつわるさまざまな施設や、お身まわりのお世話をするものたちの居室とさだめられたのでございます。それは何故かと申しますに、上空のほうが魔道が純粋におこなわれやすく、地面に近づいていればいるほど、魔道というものはさまたげられやすい、という特質があるからでございます。魔道は音や空気の波動に大きく影響されますので、魔道師ギルドの本拠地たる魔道師の塔にいたしましても、きわめて高い塔をかまえ、その上で瞑想や、力をあわせての大魔道をおこなうこととさだめられております。――しかしまた、われわれの魔道の封印や結界がききやすい、ということは、同様に、他所からの干渉や黒魔道からの影響も届いて参りやすい、ということでございまして」

「……」

「五階にリンダ女王陛下がおこしになりますことは、現時点ではべつだんお身の危険もございませぬ。ただ、女王陛下はすぐれた霊媒でもおられます。パロの巫女姫と呼ばれるおかたであってみれば、魔道の訓練は受けておられずとも、知らずして非常に強い波動を発してもおいでになりますし、強力な波動をひとより強くお受け取りにもなります。――それゆえ、いま現在はしずまっているご病人のなかの黒魔道が、女王陛下のその強力なお力の影響をうけて、また、遠くからの波動を受取りやすくなってしまうのでは、と我々は恐れております。我々は、いまだ、キタイ王ヤンダル・ゾッグの勢力であるとか、あるいは謎めいた悪魔の王太子アモンの影響がすべてこのパロから去り、二度ともうわれわれをおびやかすことはないのかどうか、という点については、いまひとつ、確信を持てずにおります。それはわれらパロの魔道師ギルドのふがいなき点でもございますが……しかし、ヴァレリウス閣下が魔道で封じられた五階に女王陛下のような強力な霊媒があがられますと……あるいは、そのお力によって、また何かが呼応して動き出し、そしてまた……」

「私、そんなに強力なの？」

　驚いてリンダは云った。

「自分がときたま憑依状態になって予言をしたり、何かが見えたりすることは知っているけれど、そんなふうに、魔道師たちが心配するような力をもっているとは全然知らなかったわ。——よろしいわ、それならレムスを一階に連れてくるよう、特例として許しを出せばいいということね？　一階にも対面にふさわしい部屋はあるのでしょう。それならば別にかまわないわ。短い期間ならば、べつだん問題はないでしょう。レムスを、一階に連れてくるように云いなさい」

「御無理を申し上げ、申し訳もございませぬ。なれど、これはむしろおん身の安全のため」

　レインはうっそりと云う。

「女王陛下は、御自分ではご意識なされてはおられぬかも存じませぬが、霊媒としては、古今のパロ聖王家の史上でももっとも強力なおかたであられます。その訓練はいまのところまったくとどこおり、女王陛下としての任務にかまけておられますが、それがジェニュアとしては痛恨のきわみであるほどにも、本来であれば、ジェニュアにて巫女姫にして聖なる予言者としての訓練をなされることこそふさわしきおかたであるとは、われら魔道の徒が共通して存じ上げているところでございます。——それゆえ、陛下は他の世のつねのものどもよりはるかに、まことには超常界の波動に対して鋭敏であられます。ことに、レムスどのは、これまた御自分は意識されておられませんが、いまだ、アモン、そしてヤンダル・ゾッグに憑依されていた期間のきわめて長きにわたったことによる、なんと申しましょうか黒い瘴気がすっかりとは消えておられませぬ。おそらく五階におこしいただけば陛下ならばすぐおわかりになると思いますが、五階ではよく、あらぬ出来事が起こったり、騒霊がしきりと暴れたりいたします。それは、じっさいには、キタイからの波動ではなく、レムスどののなかに残っている黒い波動に、周辺の悪霊が呼応するがためです。レムスどのはもうずいぶんとよくなってはこられましたが、まだ完全には、その影響下から脱してはおられませぬ。そのことだけは、充分に、ご注意あそばされますよう。それだけは、お忘れなきよう、何卒」

「わかったわ。でもそれで私も、お前たちのほかにも魔道師部隊を連れてきて、それらのものにこの塔の周囲を厳重に警備するようにも言いつけているのよ」

リンダは眉をひそめながら云った。

「ではお前たちの考えではまだ、私は本当はレムスに会わないほうがよいと思うわけなのね？　でも、レムスのたっての希望だから、仕方がない、ということで、あの書状をあの女官に持ってこさせたの？——ああ、そう、お前だわ。エラ、エラといったわね」

「御意にございます。わたくしのようなとるにたらぬものの名まで、覚えていただきまして」

頰をほてらせてエラが云い、うやうやしく女王への礼をした。だが、リンダの興味は魔道師とのやりとりのほうにあった。

「本来であれば、たとえレムスどのがどのように懇望されようとも、まだ、ことにヴァレリウス宰相のおられぬいま、女王陛下とのご面会は早過ぎようとわたくしどもは考えております。——まだあと半年は、レムスどのは誰にも会わずに体内の毒気をすべて取り去る苦行を続ける必要がおありです。——が、今回レムスどのが申し出られましたことは、きわめて重大なことであるとわれわれは判断いたしましたので——それについて、われわれだけでは判断を下しきれませず……」

「お前たちは、そのレムスのいいたい話の内容というのは少しは聞いたということね」

リンダはうなづいた。

「まあいいわ。では、部屋を用意させて、レムスを連れてきて下さい。私は、べつだんどちらでもかまわないわ。というよりも、一階だろうと二階だろうと五階だろうと、そこにそんな大きな違いがある、ということは、魔道師ではない私にはわからないわ」

「一階の奥に、通常客間として使われている一室がございます」

レインが云った。

「そちらにお席をご用意いたします。そこであれば、ことに、奥まっているので完全に外側が王妃宮の建物によって遮蔽されております。そこでなら、たぶん上空のようには、そこでおこっている出来事を、はるかキタイだの——もっと異なる場所から、好き勝手にかいま見るわけにもゆかぬかと存じます」

（あなたたち魔道師の話をきいていると、頭が痛くなるときがあるわ——いかに魔道の都の王女として生まれ育った私といってもね）

ひそかにリンダはつぶやいたが、きこえるほどではなかった。なんといっても彼女は、その魔道の都の総元締めたる聖王家の女王であったのだ。

（私も……本当をいうと少しは魔道をたしなんだほうがいいのでしょうね。……そういえばナリスは、初歩の魔道は使えるし、上級ルーン文字でも読み書きが出来るくらい、魔道学にも造詣が深かったわ。私にはとてもあんなふうには出来ないけれども……）

「お飲物をお持ちいたします」

奥に用意された室は、まわりにいくえにもカーテンをかけめぐらし、おそらくそこにも厳重に結界がはってあるのだろう。調度は一応豪華で、快適そうではあったが、どことなくやはり不吉で暗い印象をまぬかれないのは、この塔全体がそういう黒い瘴気の波動を無意識のうちに受けているからなのだろうかとリンダはいぶかった。かつて、自分が閉じこめられていたときには、そのうちのかなりの時間は意識を失ったままであったし、そうでない時間でも、外のようすはまったくわからなかったので、自分が白亜の塔にいるらしいとわかったのはだいぶあとになってからのことだ。

「レムスもと国王陛下が、おこしでございます」

丁重に、女官が告げて、扉をあけ、中に囚人を招じ入れた。リンダは立ち上がり、久久に会う双子の弟が、どのように変わっていても驚かぬよう、覚悟をきめた。

が、別の意味でリンダは驚かされた。

「レムス！」

「姉さま——」

入ってくるなり、レムスは足をとめ、感極まったように、両手で顔をおおって嗚咽をもらした。かなり長い銀色の髪の毛が、肩の下までふわりとそのままのびている。リンダが驚いたのは、レムスが弱り果てて骸骨のようになっていたからではなかった。

「レムス！」

おもわず、リンダの唇からは、叫び声がもれていた。

「レムスだわ。——あなた、レムスだわ！……レムスなのね？　本当に……レムスだわ！」

「姉さま……」

レムスは手をおろし、ありとあらゆる複雑な感慨で一杯になった、涙にうるんだ目で双子の姉を見つめた。

それは、まさしく、《レムス》であった――そのように思うのも、リンダにとっては、長い、長いあいだ、本当の意味では、可愛い双子の弟であるレムスは、まるで「存在しなくなった」ように、そしてそのかわりに、レムスの顔をした――正直をいえば顔そのものも相当に次々と変化してしまってはいたのだが――ぶきみな怪物が「レムス」と名乗ってクリスタル・パレスにいるだけであったようにしか、思われていなかったからであった。

リンダにとって、レムスが本当の可愛い弟の「レムス」であったのは、せいぜい、レムスがパロの国王として即位してから、半年にもみたぬあいだまでのことであったかもしれぬ。それからさきは、まったく、リンダにとっては、「可愛い弟」が見たこともないような怪物へとどんどん変容してゆく過程だけを茫然と見守っているかのような印象のこの歳月であった。

最初のうち、あまりにも若くして国王となった重責に堪えかねて、苛立ち、気難しくなり、ついにはむやみと先走ったりカンをたてたり、厳しすぎる処刑をおこなって宮廷内で激しい批判をあびたりしたときには、リンダはむしろ心をいためただけで、レムスに対してはそんなに悪感情は持たなかった。もともと、レムスは「姉と男女をいれちがって生まれてきてしまった」とひそかに、口さがない宮廷者たちに囁かれるくらい、おとなしく内気な、いつもリンダのうしろにかくれていたがるようなたちで、そのレムスが、必死に背伸びをしてよい国王たろうと、それも一気に人望を勝ち得、人々に心から崇拝され敬意を払われる国王になろうと焦るあまりにおかす数々の失敗は、姉としては、痛ましく、もどかしくはあっても、とうていさげすんだり、憎んだりするようなことはできなかったからである。

だが、その当時はリンダも若気の至りというべきか、おのれの恋愛に夢中であった。そして、その恋愛そのものが、レムスにとっては、非常にカンにさわるものだったのだ、といまのリンダは理解している。

(ナリスは……摂政宰相としてレムスのうしろだてにたつには、あまりにも華やかすぎたし、何でも出来たし、目立ちすぎたわ――あのころは、でも、ナリスだって悩んでいたし、私だって……私がナリスの妻になることで、いっそう、レムスに孤独な気持を起こさせてしまったのかと……だからといって、あのころの私は……)

恋愛を成就させることしか考えてはいなかった、とそしられたら、一言もないと思う。だが、それで、いっそう沈み込み、ふさぎこみがちになって、食もすすまずに痩せてしまったレムスが、アグラーヤの婚約者アルミナ姫を予定を早めて王妃に迎え、それによってよほど明るくなって、宮廷一同がほっと胸をなで下ろした時期もあったのだった。これでたぶん、万事がうまくゆくだろう――と、誰もが思った一瞬があったのだ。不幸なことに、それはあくまでも、一瞬でしかなかったのだが。

そして、それからあとは、ものごとは、どんどん悪いほうへむかってゆくばかりだったのだ――と、リンダはほとばしるようにあふれてくるさまざまな思いに押し流されかけながら思っていた。レムスがあやしい僧侶カル・ファンなどという、得体の知れぬ悪党を重用するようになり、そして、その口車にのって、彼女の最愛の夫をランズベール塔に投獄し、拷問にかけ――恩赦を求めて面会にいった彼女を嘲笑ったあのとき。

なにものかがレムスに憑依している、と彼女のその、魔道師たちが敬意を払うという霊媒の能力が告げたおそるべき信じがたいあのとき――そして、さらに恐るべきその憑依の正体が、しだいにあらわになってきた悲劇の時。

（なんて……いろいろなことがあったのかしら、なんて……）

そして、いま、ここに二人はまた、相会うことを得たのだった。

リンダは我知らず、滂沱と頬を涙がつたいおちるのも気付かずに、手をさしのべていた。

2

「レムス！——ああ、レムス！」

彼女は、それしか云えなかった。

「姉さま……」

レムスは、ひどくためらっているようだった。

レムスは、きゃしゃなからだを、たっぷりとした茶色のびろうどのガウンに包んでいて、そのせいでいっそう回復期の病人めいてみえた。とうてい、健康さが光り輝くばかり、とは言い難かったが、しかし、もう、レムスには、いっときの、骸骨のような——というもむざんな、むごたらしいほどにやせ衰え、いまにして思えばアモンとキタイ王、そしてカル・ファンや死霊カル＝モルなど不気味な怪物たちにほしいままに蹂躙されていたがゆえのぶきみな憔悴はどこにもなかった。

ずっとこのしばらく、規則正しく食べ、そして少しづつ運動して体力をとりもどし——もしかしたら、いや間違いなく、この数年、国王に即位してからの何年かのあいだで、レムスはもっとも健康的な生活を送っていたのだろう。

骸骨そのものに皮を張ったにすぎないようだったその顔には、またどうやら人間がましい肉が戻ってきていた。肌にも艶が戻ってきて、ぶきみな青黒い色ではなく、本来の、姉と同じなめらかな白い美しい肌が戻ってきつつあったし、そして、老人の白髪のようにばさばさに乱れていた銀髪は、よくとかされて艶やかな輝きを取り戻していた。青ずんだ紫の瞳はまだ暗く、いくぶんおどおどして不安そうだったが、その顔そのものも、以前の何百倍も元気そうにみえ、また、同時に、年齢相応の若さをもずいぶんと取り戻していた。そこにいるのは、リンダにとっては、まさしく「自分の双子の弟」そのものだった——自分と同じ、整って気品のある、ほっそりした顔立ちも、とがった小さな顎も、大きな、青紫のその瞳のいくぶんおどおどしたようすさえも、リンダにとっては、まさに、ともに手に手をとりあってレントの海をこえ、ノスフェラスの砂漠をこえ、そしてアルゴスの草原を踏破してきた、大切な血をわけたただひとりの弟であった。リンダはあふれくる涙でレムスが見えなくなるのを、手の甲で涙をぬぐい、そして、激しくレムスを抱き寄せた。一瞬、室の内側に居並んで警戒の印を結び続けている魔道師たちの何人かが、はっとおしとどめたいような様子をみせたが、リンダはそんなものはまるきりかまいつけもしなかった。

「レムス！　ああ、レムス、会いたかったわ！」

「姉さま……ぼくも……ぼくも……」

「レムス……もういいのよ……もう、何もかも、いいのよ……」

リンダはもともとが直情径行である。皆の前であろうが、女王陛下の威厳をそこなおうが、そのようなことはかまいつけもしなかった。彼女は、しっかりとレムスをその胸に抱きしめ、そして、レムスもリンダにしがみつくようにして涙にかきくれた。ただひとつ、もう二度ともとには戻らぬだろう、ということがあった——かつては、「パロの二粒の真珠」は、それこそ本当に二粒の真珠がひとつの貝殻のなかに入っているように、どこからどこまでそっくりであったが、いまはもう、男性であるレムスのほうが、リンダよりもずっと早く背がのび、いまとなってはリンダの顔がちょうど肩のあたりにあるくらいに、長身であった。それに気付いて、いっそうリンダは涙を誘われた。

「まあ、あんたは、ずいぶん背が高くなったのね！」

リンダは叫んだ。そして、なんだかまるで、あんなさまざまな恐しい出来事があって、そののちにその犯人——というよりもその事態をもたらした張本人である罪人と面会しているというよりも、十年以上もたまたま会うことのなかった弟と劇的な再会をはたした、というようにしか思えなかったので、手をはなしてつくづくとレムスのようすを眺め、それからまた、かたく胸に抱きしめた。

「ほんとになんて背が高くなったこと！」

「姉さまは、ちっともかわってないんだね」

レムスは泣き笑いしながら云った。

「小さくて、綺麗で、あでやかで……ぼくはこんなになってしまったのに、姉さまは……こんなに美しくて……」

「何をいってるの。あたしは前のままのあたしでしかないわ」

リンダは叫んだ。そして、急にまわりにいるものたちがひどく邪魔に思えてきたので、

「席をはずして」と騎士たちや、レムスづきの魔道師たちに頼んだ。

が、これはあまり歓迎されなかった。ことに魔道師たちは、とんでもないと渋面で首をいっせいに横にふったし、そもそもリンダがレムスを見てそのように急に態度が軟化したり、骨肉の情に流されがちになってしまうことそのものが、レムスの陰謀なのではないか、とさえ疑っているようであった。

しかたなく、リンダは魔道師たちの護衛はそのままでいいことにしたが、女官たちや騎士たちには控えの間に下がらせた。あまり大勢の人の前では、思うさま弟との再会の感動にひたることも出来なかったのだ。

「ああ……」

だが、じっさいには、あれもこれも云いたいことが山のようにあるように思えるのに、本当に言葉にしようとしてみると、何ひとつ云えない、というような、奇妙な感慨があ

った。それは、レムスのほうも同じであるらしかった。

「ああ、姉さま……ぼくは、何が云いたくて、姉さまに会いたかったんだろう……」

レムスはむさぼるように姉を見つめながら叫んだ。もう、レムスの容姿も、ずいぶんともとどおりの美しさを取り戻しつつあった——もともとが、美貌を誇るパロ聖王家の、そのなかでもきわだって容姿がすぐれている、といわれ、姉は中原一の美女とまでうたわれた、そのリンダの双子の弟なのである。いっときはそれこそ骸骨のように痩せこけてしまって、顔立ちもへったくれもなくなってしまうくらいだったが、あるていどの血色と肉づきと、そして正気さとを取り戻しさえすれば、まだ二十一歳の若い彼にとっては、充分に人生はやり直しがきき、とりかえしがつくのではないか、と見たものに思わせる、それほどに、レムスの見た目は一気に回復していた。

まだ頬はふっくらしているとまではとうてい云えなかったが、それは、逆にむしろ、姉が二十一歳になって、十代の少女の初々しい清楚な美貌から、人妻のあでやかで絢爛たる美しさにかわり、そして未亡人のうれいを含んだ気品ある美しさへと変化していったのと同じように、かつてのあの美しいちょっと不安そうな目をした少年から、彼が物思わしげな、憂愁をまといつけた美しい青年になったのだ、ということをはっきりと感じさせた。もう、その意味では、背も変わってしまったし、リンダとレムスとは、ふたつぶの真珠とはとうてい云えなかったが、そのかわり、それはいずれ劣らぬ人生の苦難に激しく磨かれた、だがまだまだ充分に若い、美しく愁いを含んだ麗人と美貌の青年であった。

レムスは囚人でもあったし、身分柄粗末なものでこそなかったが何の飾りもない茶色のびろうどのガウンをまとっているだけで、手入れは行き届いていたけれど髪の毛ものばし放題にし、装身具ひとつなかった。またリンダはリンダで、未亡人としてことさら簡素な黒いドレスをつけ、髪の毛も小さくまとめて、銀色のレースの網をかけているだけで、飾りものといっては肩からうしろに垂れている黒い短いびろうどのケープをとめている、両肩の浮き彫りのあるブローチだけであったが、そうした二人の簡素で清潔ないでたちは、いっそう、華美な着飾ったなりよりも、かれらのひとりひとりのもともと持っている麗質をよく引き立てていた。

「なんだか……本当に……ひとつには、姉さまにとにかく……あやまりたかったんです。直接に……会って、あやまって——とても許しては貰えないだろうけれど、死ぬまでにいちど姉さまにあやまって……本当にぼくのせいで何もかもがこんなになってしまったんだ、ということを、心の底からわびて……とうてい許してもらえはしないだろうけれど、許しをこいたかったんだ」

「死ぬまでに一度、ですって」

驚いてリンダは叫んだ。

「なんでそんなことをいうの。なぜ、あなたが死ななくてはいけないの。具合でも悪いの」

「そうじゃないよ、姉さま」

幼いころのように、「姉さま」と、レムスは云った。もうずっと、そう呼ぶことはやめていたのだが。

「ヴァレリウスは、ぼくの――処刑を考えているのだと、ぼくはずっと思っていたよ。また、それでも当然なだけのことをぼくはしたのだし。そして、そのために……ぼくが、少なくとも、自分で歩いて処刑台におもむけるくらいまでは体力を回復できるように、それまでのあいだだけ、ぼくは生きることを許してもらっているのだと。――でもそれは本当に、国王としてあるまじき行動をぼくはしてしまったのだから、どのようなむくいを受けるのも当然だと思っている。何も、うらみはしないよ――どういう残虐な処刑方法を告げられても、ぼくは覚悟だけは出来ているつもりだ。パロ国民の怒りや悲しみや、ぼくのためにうけた被害への憤りをなだめるために、それが必要なのだとしたら、ぼくは、八つ裂きにされようと、火あぶりにされようと、車裂きの刑をうけてからだを引き裂かれようと……」

「やめて」

リンダは悲鳴のような声をあげて耳をおおった。

「何てことをいうの。誰が、あなたをそんな酷い目にあわせるというの。おお、レムス、なんてばかなことを考えていたの。そんなこと、夢にも考えないで頂戴。あなたをそんな目にあわせるものですか——あなたは私の大事な弟じゃないの。ただひとりの血をわけた弟、いまとなっては——そうよ、夫も亡くなり、父も母も……みんな死んでしまったいまとなっては、私にはあなたしかいないのよ……」

リンダはまるで手をはなしたらレムスが消え失せてしまうのではないかと心配しているかのように、きつくレムスを抱きしめたままはなさなかった。

「八つ裂きに、火あぶりですって？　いったいどこからそんな残虐な考えがあなたの頭のなかに忍び込んできたの？　ずっと前によく云っていたことを覚えていないの？　私たちは本当に同じときに生まれおちた双子だから、お前が怪我をすると私が痛みを感じたり、突然お前が泣き出したのでどうしたのかと思っていると実は私が病気で苦しんでいたり……そんなことがとてもよくあって、何もかも感応しあっていると思っていたのを。——あなたがもし、八つ裂きだの、火あぶりだの、車裂きだのというようなそんなむごたらしい死に方をしたとしたら、おそらく、私だってまったくそれと同じいたみをこのからだに同時に味あわなくてはならなくなるはずよ。あなたが死んだとき、自分がどうなるかなんて、考えたくもないわ。——その意味では、あんなに愛していた夫よりもさえ、あなたは私にとっては近い肉なんだわ。——おお、レムス、あなたはずっとそんなことを考えていたの？　ヴァレリウスが本当にあなたを処刑すると話したの？　そうじゃないのでしょう？」

「ぼくがこの塔を脱走したり、あるいはまたふたたび、国王派の軍勢を集めて反乱をくわだてた証拠を見つけられたりしたら、そのときには即刻、処刑しなくてはならない、とは本当に云ったよ。それに、ぼくの処遇については、どのように処刑するかについてはまだ先のことだけれども、いずれにせよ責任はなんらかのかたちでとってもらわざるを得ない、って。それは当然のことだと思うし、それでぼくは……」

「その責任は、あなたは、退位して、廃王となることで、充分に果たしたのではなくて？」

　リンダは興奮して云った。

「それ以上どう責任のとりようがあるというの。それに、私は、すべてはあなたの責任であって、あなたの責任じゃないようなものだとも思っているわ。あなたひとりに罪をかぶせようとするのはとても簡単だけれど、でもそんなにものごとは簡単じゃないわ。――あなたは、そもそもはあのノスフェラスの砂漠で偶然にあの死霊の魔道師に目をつけられ、憑依されてしまったのだし、それでもそのことは長いあいだ何も、誰も知らずにいたわ。そして、そのあとは――そのあとのいろいろな恐しいできごとだって、どれもこれも、すべてがあなたのせいとは云えないじゃないの。あなたは、憑依され、操られて、それでああいう罪を次々と重ねたんだわ。いってみれば、あなたも被害者のひとりだとさえ云えるのじゃない？」

「それは……姉さまがそういってくれるのは嬉しいけれど、でも、それは駄目だよ」

レムスは沈んだ声で云った。

「ぼく自身がまず、自分自身をゆるすことなんかできない、ととても思うもの。——まずとにかく、どういう理由でにせよ、憑依されたにせよ、ぼくは愛する祖国パロをもっともよく守るべき立場にある国王でありながら、パロをこれほど荒廃させ、そしてあわや滅亡させかねない危機に追い込んでしまった。姉さまを苦しめ、ナリスを——姉さまの大切な愛する夫と戦い、最終的にぼくのせいじゃないにせよ、その内乱のおかげでナリスが亡くなることにもなった——最終的には、ナリスの死は、ぼくがカル・ファンに操られて彼に加えた拷問が遠因になっているのだから、ぼくが殺したも同じことだ。それだけでも、姉さまは——いまはパロの女王となられたからには、良人の仇をうつ充分な資格がある……」

「やめて、そんなことを云うのは」

リンダは激しく云った。

「もう二度とそんなことは口にしないで。私には、夫の仇だと云ってただひとり生き残った弟を手にかけるようなことは断じて出来ないわ。そんなことをしたら、ただ、私ひとりが何もかも失って取り残されるだけのことになってしまうじゃないの」

「それに、ぼくは……自分自身の愛する妻にもこの上ないほどにむごいしうちをした。——そのことを思うだけで、ぼくはずっと、気の狂いそうな苦しみに満ちた日々を過ごしたよ。なんて、むごいことだろう——ぼくたちの最初の子供……本当に、愛につつまれて生まれてくることも出来、パロの希望としてすべての国民に愛されることだって出来るはずだったぼくとアルミナの子供——それが、あんな……」

「それは、だから、アルミナのお腹に送り込まれた、キタイの化物だったのでしょう」

リンダは激しくさえぎった。

「それまでも自分のせいだといったら、あまりにもお前が可哀想だわ。お前は、そんなこと、もうそのときには何ひとつ自分でどうにかすることはできなくなっていたのじゃなくて。だからこそ、内心苦しみながらもどうすることもできなくて、あんなところまで追い込まれていったのじゃなくて。——私だって、姉だというのに、お前を助けてあげることとさえ出来なかったわ。そもそもの最初は、お前が憑依されたりしてたのに、気付かなかったわ——すぐとなりにいて、ずっと一緒に旅をしていたというのに。しかも私は霊能者だの、霊媒だのともてはやされていたというのに。あのとき、私は、最愛の弟の上に起こっていることを何にも気が付かなかったのよ——それがすべての始まりになった。それからだって、私は何もあなたを助けてあげられなかったわ。私は身勝手で、自分のことばかりで一杯になっていて……何ひとつ、あなたがどんなに大変で辛かったかも、苦しかったかもわかってあげられなかった。そしておまけに、さいごには、あなたが最大の敵だと思っていたひと、あなたにそむくと決意したひとの妻となって、あなたと——よりによって、自分のかたわれと戦うことになって……私だって苦しんだわ。辛かったし……でも、それよりもそのときに、もっと私が聡明だったならそれはこんなことにはなっていなかったはずのことだったんだわ。……私は、そのことを思うと、自分にパロの女王なんかつとめられるいかなる器量も度量も能力もない、という気がしてくるの。——私はおろかな身勝手な、自分のことしか考えられない子供で、そしてあなたは苦しんでいて、自分ではどうにもならない力でどんどん破滅にむかって追い込まれていっていたんだわ。そのことを考えて——どうして、私があなたを処刑したり出来るでしょう？　たとえヴァレリウスが何と言おうと、私がここにいるかぎり、決してお前を処刑させるような命令に判をついたりしないわ」

「でも……姉さまは、ぼくを恨んで……いないの？」

幼い子どものように頼りなげな声だった。その声は限りなく、リンダに、はるかな昔——遠い日々、同じこのクリスタル・パレスがもっともっと光にみちあふれ、にぎやかな笑い声と花々と、朗らかな人々のすがたにあふれていて、そしてそのなかで、誰からも愛されいつくしまれる愛し子だった幼い《二粒の真珠》が無邪気に駆け回っていた

《あのころ》のことを思い出させた。リンダの目から、またしても涙があふれ出た。

「恨むわけがないじゃないの、ばかね」

「でも……」

「それに私はナリスのことだって――あなたのせいだとは思っていないわ。ナリスのからだがああなってしまったのは、それはカル・ファンが勝手にやったことだったのでしょう。あなたは、投獄はさせたけれど、拷問しろなんて命じてはいなかったし、ましてやあんなからだにしてしまうような、そんな非道を命じたことはなかったはずだわ。カル・ファンはナリスをランズベール塔の牢獄から、さらに地下牢へひそかに運び去ったそうじゃないの？　あのときあなたはそのことで私に謝罪したじゃないの。そのことで、私はもう、あれについては、あなたの責任ではないと思っている。そして、ナリスの……ナリスの……死については……」

リンダは、いまだにそれについて平気で話せるほど長い年月がたっていたわけではなかったので、口ごもった。

「あれは……しょうがない……しょうがないのよ。私――あのひとを、あのようなからだのあのひとを……拉致して連れ回して、結局衰弱させて……ああなるようにしてしまった――イシュトヴァーンをだって、恨んではいないわ……と思うわ。というか、ひとを恨んでもしかたない――あのひとは、もうふつうのからだじゃなかったのだから……

いつかは、ああなってしまうことになっていたんだと思うわ……遅かれ早かれ、来るべき時がきたと思うわ……ただ、イシュトヴァーンはそれを少しばかり早めてしまったかもしれないけれど……でも、そのかわり……あのひとは、念願の……あれほど会いたがっていたグインに会って、満足して微笑みながら……息を引き取ることだって出来たんだわ……あの上ずっと長いあいだ生きていたら——あのひとにとっては、あのからだになってからは——あんなになまじ何でも出来、人々の賞賛に包まれていた人であっただけに……ああして、何もできない不自由なからだで生きながらえていることは、だんだん耐え難いほど辛いことになっていたに違いないし……そう考えたら、私は……仕方なかったのかもしれないと……思うわ——それに……これは、あなたには申し訳ないけれどもね、あのからだでも、あのひとは……おのれがそれが正しいと思ったときには……パロを守るために、あの、身をおこすこともできないからだで——反乱軍を率いて立ち上がり、神聖パロを作り上げたのよ——偉大な人だったわ。本当に、おのれの信じるところを貫くためには、どんな困難をもいとわない——本当に偉大な魂を持った人だったわ。……私は、その妻なのですもの。——どうして、このくらいの困難に耐えられないことが——このくらいのうらみや苦しみや悲しみに押しひしがれてしまうことがあるでしょう。——あのひとはいまでも、私の心のなかに生きているわ。私が生きているかぎり、あのひとは消えないわ……それで——いいのよ。それで、正しいのよ——ヤーンを恨むのも、誰を恨むのも筋違いだわ。……あのひとは、どんな運命をも……恨むかわりに、おのれの武器にさえかえていったひとだったわ……そして、私はその妻なのだから……」

「姉さま……」

「もう、あのひとのことで……自分を責めるのはやめて、レムス」

リンダは涙をぬぐい、きっぱりと云った。

「そんなことばは聞きたくないし——むしろ、そんなことを云われたところで、あのひとの魂も、私の心もなぐさみはしないと思うの。それよりも、前向きに生きることだわ——この苦しい数ヵ月のあいだ、誰もかれもいなくなってしまう——たったひとりぼっちになってしまう、と私は——きのうも、スニをあいてに心弱くも愚痴っていたのよ。私は何もかも失ってしまった、もう何もないんだ——ってね。でもなんて馬鹿なんでしょう。ヤーンはちょうどいいときに、あなたを私の前につかわしたわ。私には何もなくなんかない——私にはまだあなたがいるじゃないか、私のただひとりの、最愛の弟がちゃんとこうしてここに元気によみがえって、もとどおりの姿になって、ここにいるじゃないかって」

「おお——姉さま……」

「最初にあなたを見たとき——なんだかまるで——私、一気に、何年もの時をとびこえて——あなたが、アルゴスから戻ってきて——そして即位式に臨むために緊張していた、あの日の前夜に戻ったような気がしたわ。——長い苦しみのはてに、いまから新しい日がはじまる——これからが本当の人生なんだ、という喜びと誇りとに満ちて。そうして、胸をはずませていた——あのときの私たちに……戻った気がしたわ。……そうではなくて？　どうして、あなたを処刑させるわけがあるでしょう——それどころか、なんとしてでも姉さまがあなたを守ってあげなくてはと思うわ。そして、少しでも早く、あなたが——ちゃんとパロ国民の前に、もう国王の資格は失うかもしれないけれども——それはさすがにパロ国民も許さないでしょうしね……でも、いくらでも方法はあると思うの。そして、できることなら、私のそばにいて——ずっと私のそばにいて、私を守って、ともにたたかって、ともに生きてくれるようになれるように——そこまで復帰できるように……そのためなら、姉さまはなんでもするわ。さっきのあなたを見ながら、姉さまはそう思っていたのよ。本当に何年ぶりに、私の可愛い弟が戻ってきたような気がして。——可愛いレムス。最愛のレムス。——お前はやっぱり私のただひとりの弟よ。いつまでも——何があろうとも」

「そんな……そんなふうに云ってくれるなんて……」

レムスは啜り泣きながら云った。その痩せた、だが充分に美しさを取り戻してきた顔は、涙でくしゃくしゃになっていた。

「夢にも思わなかった。ぼくは今日……姉さまに会いたいといったのは、話があるといったのは——本当のことをいうけれど、いくじなくも、いのちごいをしたかったんだよ……でもそれよりも本当に、一度でいいから姉さまに会ってから……どうしても死ななくてはならないのなら姉さまに会って、姉さまの口から、お前は責任をとって死になさい、といって欲しかったんだ。裏切り者のヴァレリウスなんかの口からじゃなく」

3

「おお——なんてことでしょう」

リンダは泣き笑いしながら云った。そしてまた、レムスの銀色の頭を胸に抱き寄せた。

「いのちごい！　でも、それをきいて嬉しいくらいだわ。お前が、いのちごいをするような気持になってくれた、っていうことは——それは、もっと生きていたい、という気持が——少なくとも、起きてきてくれた、ということでしょう？　私、ヴァレリウスからずっときいていたわ。レムス陛下は、ご容態がおもわしくないけれど、もっともおもわしくないのは、生きる気力をまったく失ってしまっておられることです、ってね。それで、私、何回か、顔を見にゆこうかしらと云ったこともあったんだけれど、ヴァレリウスからも魔道師たちからもとめられたの。それはよろしくないと思う——私の顔をみるとまた、レムスさまはいろいろなことを思い出されて、いっそう気が沈まれてしまうのではないかと思います、ってね。——それに、私自身も、自分がお前を見たとき、自分がどう思うのかについて、もうひとつ自信がもてなかったし。……それに、本当をいうと、お前がいま、どのように変わってしまっているのか、それを見るのも……怖かったんだわ」

「ぼくは……長い、長い――本当に長い夢を見ていたような気がするんだよ」

レムスはようやく涙をふき、少し恥ずかしそうに、椅子にかけて云った。

「何か飲み物をもらえないかな。――のどがかわいた」

「私もだわ。私たちにお茶を持ってきてくれないこと」

「かしこまりました」

「とても長い――そしてとてもおかしなふしぎな、ときには地獄のように苦しい夢をね……」

レムスはつぶやくように云った。その青紫色の目は、遠いはるかなどこかの砂漠をでも見つめているかのようだった。

「どこまでが夢で、どこまでが本当のことだったたか、よくわからないくらい、混乱して、そして苦しくて……ただひとつ確かなのは、恐しい悪夢だ、とぼくが漠然と思っていたことも、ほかの人たちにとっては、さらに恐しい『現実の悪夢』だったんだろうということなんだけれど……」

「………」

「それを思ったら、ぼくはもう何ひとつ申し開きもできない気持になるけれど……でも、その恐しい悪夢にまきこまれているあいだ、ぼくはなんだか——ずっと息苦しくてもがいては浮かび上がり、炎の波のなかでもがき、沈んでゆき——もう駄目だと思い、ふっと気が付くと意識が戻っていて現実のありさまをみて、それが現実だと気付いてあまりの恐ろしさにまた正気を失い——というような、そんな……頭のなかに何人もの人間がいて、いつも何か叫んでいるような感じで……なんだか、いったいいつ、本当に目がさめたんだかわからないんだけれど……」

「……」

「はっと気が付いたら、こんなところにいて——とても静かで、とてもやさしくておだやかで——とても、何もかもが——落ち着いていて……そのなかで、少しづつ、少しづつ、いろいろなことが出来るようになっていって——起きあがれるようになり、座っていられるようになり、歩けるようになり……そのとき、思ったんだよ……」

「……」

「ナリスは、もう——決して、いくら必死に養生しても、まわりのものが看病しても、もうもとには戻れなかったんだ、もう、もとのからだになって、また歩き回ったり、生きていることを美しいと思ったりすることは出来ないまま、それでもああして、正しいと思ったことを貫いて死んでいったんだ——ってね。そしたら——なんていう長い夢のなかで、なんてぼくは長いあいだ、ただいたずらにもがいてばかりいたんだろうと……

とても不思議な気がしてきて——それからあとは、回復も急激に早くなって、看病してくれている女官たちもびっくりするくらいだった」

「そう……だったの……」

「からだがよくなれば、ぼくは処刑されるのだ、と思っていたよ。そして、それは当然だ、国王としてしてはならぬことをしたんだし、それに、それでもやはりアルカンドロス大王に認められた聖王としての誇りだけはある。たとえどんなさいごをとげることになっても、堂々と死のう、と——聖王家の誇りだけは失わずに潔く死のう、と思っていながら——卑怯未練なぼくは——一度だけ、姉さまに——いまはもう、こんなに悔い改めているんだということ——自分のしたことをこんなに深く悔いている、だから……だからせめて、どこか一番遠い地方の、辺境のそのまた辺境でもいいから……その辺境公としてでもいいから、いや、辺境にただの一介の世捨て人としてでいいから、放逐して、そこでぼくがひっそりと生きてゆくことを許してくれないかと……頼みたかったんだ。心弱くも——でも、もうひとつ、アルミナのことが心にかかってしかたがなかったので……」

「…………」

「アルミナには何の罪もないのだから、どうか、アルミナを許して、アルミナをアグラーヤに帰らせてやってくれないかと、姉さまに頼もうと思って。——アルミナは、もともと心は弱かったかもしれないけれど、それも当たり前で、普通の女性なら誰だってあんなむごたらしい体験をしたら、発狂せずにはいられないと思う。でも、もともとはアルミナはすこやかで強い心をもったひとだ。だから、アグラーヤに帰って、妹姫たちや、最愛のお母様と一緒に静かに暮らせれば、たぶんアルミナもいまのぼくのように少しずつ正気を取り戻すことが出来るはずだ——ぼくは、そう、姉さまに頼みたい、と思っていたんだ。——アルミナと離れるのは寂しいけれど、もう、いまのぼくには、アルミナをめとっている資格はないと思うし——」

「それは、どうなのかしらね、レムス」

小首をかしげて、リンダはいった。

「アルミナの状態については、私はあんまりよく聞いていない、ことに最近の容態については。だけれども、一応やはり、国元からお母様がおいでになったりしたときにはかなり安定したみたいだけれど、本当は、アルミナにとっては、一番——一番支えてほしいのは、夫であるあなたになんじゃないの？　あなたと会って、そしてあなたがすっかり正気に戻って、元気もとりもどし——昔のレムスに戻ったのだ、とわかったら、それがアルミナにとっても最大の薬になるのじゃないだろうかっていう気がするんだけれど……」

「そうかな……だったら、素晴しいんだけれど……」

レムスは悲しそうに云った。

「まだ――そんなに、希望にみちた思いになったりするとすぐに頭のなかで、ぼくをあざける声が響いてくるんじゃないかという恐怖心にとらわれる。これはみんなすべて嘘で――すべてワナで、もっともっと、ひどいことにするために、ぼくをもっと酷いところにひきずりこむために、あの恐しい黒魔道師たちが周到にしかけた陰謀なんじゃないかしら、って。――ぼくはその意味ではもうすっかり、廃人になってしまったんだと思う。あらゆる意味でぼくはもう責任ある立場につくことは出来ないし、ちゃんとまともに仕事をしたり、社会生活をすることも出来ないと思う――何をやっていても、これは本当に自分が望んでやっていることだろうか、もしかして、そう思いこまされながらほかの何か、ぶきみな遠くからぼくを操っている誰かのおもわくどおりにさせられているだけなのではないか、という恐怖心を押さえることが出来ないのだから。……その意味では、もう、たとえ姉さまがぼくをどんなにかばってくれ、守ってくれたとしても、ぼくはもう――あまりにも恐しいむごたらしい経験を経てきすぎて、きっともう二度と元通りには――本当に元通りにはなれないと思うんです。――もう二度とぼくは……何もなかったことにはできない。アモンのことも……ヤンダル・ゾッグのことも、カル＝モルのことも……カル・ファンのことも、キタイの竜人たちのことも……目の前でぶきみな怪物に変身させられていった貴族たちのことも……忘れることはできないと思う。アモン——その名前を思い出しただけで、ぼくは……」

ふいに、レムスは、両手で顔をおおい、頭をかかえこむようにして、テーブルに突っ伏した。リンダはおろおろしながら手をのばしてさすってやろうとしたが、魔道師の長が目顔でとめた。

「アモン！」

レムスは呻いた。

「なんてぶきみな——なんて恐しい怪物だろう。……産褥で、自分の産み落としたものがこれだと見せられたとたんにアルミナは可哀想に悲鳴をあげて失神し、それきり正気に戻らなかった。それも当然だ——いったいどこの女性が、あんな恐しい経験に耐えられるだろう。——なんだか、アモンがやってくる前まではまだ——何もかも滅茶苦茶になってしまいはしたけれど、まだよかったような気がするんだ。……まだしも、ものごとは多少……人がましいというか、人間のしていることと思うことが出来た。だけど……アモンがきてからは……何もかもが、本当に——地獄の真っ只中にいるみたいに、恐ろしくて……どうにもならなくて……ぼくもたぶんそのころにはもう、ほんのたまにしか正気ではいられなかったような気がする……」

「レムス——可哀想に……恐しい目にあったのね……」

「恐しいなんてものじゃなかったよ。あれは、本当に——恐しいなんてものじゃあなかった」

うめくようにレムスは云った。

「あんな恐しい怪物がいったいどこからやってきたんだろう……あれはいったい何者だったんだろう。何者が、アルミナの胎を借りて宿り、そしてあんな化物を産み落とさせたんだろう。——あれは史上最悪の怪物だった。あれが赤ん坊の姿のままでぶきみな笑顔を浮かべてぼくに話しかけたとたんから、ぼくの人生はすべて暗黒な地獄のなかに引きずり込まれ、あとはもう何ひとつ考えられずに——わああッ！」

ふいに、レムスの声が、悲鳴に高まった。レムスは激しくその頭をテーブルに打ち付けた。あわてて魔道師たちが飛び出してきて、レムスをおさえつけた。レムスは、しばらく痙攣するようにからだをふるわせていたが、ようやく少し落ち着いた。顔をあげると、その額からは血が流れていた。

「レムス、血が出ているわ！」

「ああ……」

魔道師が手当してやるあいだ、レムスはごく大人しくしていた。一瞬の発作にはとらわれたけれども、べつだん、それ以外では、正気を失ったというようすではなかった。

「ああ……恐しい……」

低く、レムスは呻いた。

「ごめんなさい、姉さま……びっくりさせて。まだ正気に戻ってないなと思わせて、いのちごいをして……処刑を長引かせようなんていう、そんな姑息なつもりじゃないんだ。ただ——アモンのことを思い出したときだけ、突然いつも——恐怖に耐えきれなくなる。だからさ……だからもう、ぼくは、廃人なんだと思うんだよ。たとえ万一ぼくが復帰できて、華やかな宴会だの、舞踏会だの——それとも外国の使節とでも会談していたりしたとしても、その最中にアモンのことを思い出したがさいご、ぼくはいまみたいに突発的な激烈な恐怖にかられ、悲鳴をあげて失神したり、泡を吹いたり、叫び声をあげてのたうちまわったりしてしまうと思う。そんな——ぞっとするような狂気にとりつかれた人間なんか、辺境公にだってなる資格はないね。それにまして——アルミナの夫に戻る資格なんかありはしない。姉さまの……姉さまの弟にも……」

レムスはもうすっかり落ち着いて、寂しそうに目がしらをおさえた。

「やっぱり、ぼくは……死んだほうがいいんだろうか。欲をいってよければ、なるべく苦しまないように……殺してもらえれば、それが——ぼくにとって一番いいことなのかもしれないし、パロの国民の感情も……それでおさまるのかもしれない。確かに、ぼくのしたことは許されないことなんだし、それに……」

「もう、その話は、するのはやめて、といっているでしょうに、レムス」

鋭い声で、リンダがさえぎった。

「それにもう、アモンのことなんか、考えることはないわ。アモンはいってしまったのよ。はるかなかなたへ消えてしまって、二度とはかえってこない。グインが——偉大なグインが命をかけて、そうしてくれたのよ。それによって、わが国は永遠に守られたんだわ。グインはおのれの命とひきかえにアモンの脅威を永遠にパロから取り除いてくれた。いえ、グインがどうかなったなんて私は思っていない。グインは無事でいるわ。それに……」

ふいに、リンダの様子がかわったことに気付いて、はっと魔道師たちは顔を見合わせた。

だがリンダ自身は何ひとつ気付いていないようだった。彼女の目はふいに閉じられ、そして、そのおもてに一種奇妙な無表情な、日頃のリンダとはまったく似ても似つかないようすがあらわれてきたのだ。上体をいくぶんぐらぐらさせながら、彼女は声もなんとなく奇妙な無表情な、抑揚のない声にかわっていった。その声は、妙に《託宣》めいて響いた。

「豹頭王は無事でいる。——そして、ほどもなく近くにやってくるだろう。……そのとき、またあらたな時代がはじまる。——廃王は長い時を隔ててふたたび王の冠を額にいただくだろう。だがそのときには——そのときにはパロスの支配は夜の時代を迎え、そして——そして最後のサーガがはじまるだろう……闇の王子と光の王子がたたかい、どちらが勝ちをしめるかにより、最後のサーガは暗黒のサーガとなるか、光のサーガとなるかが定まるだろう。——吟遊詩人に注意せねばならぬ。——彼は重要な鍵にほかならぬ。……彼は、光と闇とをそのからだで結ぶ。——光の王子を守ってやるがいい——それはあるいはパロスをさいごの滅亡の災いから守ってくれよう……」

魔道師たちは激しく目と目を見交わし、あわただしく目配せをして、いまの《予言》がすべて記憶されているかどうかを確認しあった。あわただしく魔道師たちがうなづきあっているとき、リンダのからだはぐらりと横に倒れかけた。レムスがあわてて支えなかったら、椅子からころがりおちて、床に倒れてしまったかもしれぬ。

「姉さま！」

レムスは声をあげた。

「姉さま！　しっかりして！——驚いた。久しぶりにみたよ、姉さまの予言……本当に久しぶりに……え、いま……なんていったの。廃王は……長い時を経て……」

「お忘れ下さい」

鋭く、魔道師長が云った。

「これはただの予言です。どのように解釈するかは、これより私どもがジェニュアにこの予言をお持ちして、大僧正猊下がたに判断していただきます。レムスさまは、一切、お聞きになったことをお忘れいただいたほうがよろしゅうございますかと」

「――わかってるよ。ぼくはただのとらわれ人なんだから」

レムスは口重く云った。

「大丈夫だよ。そんなことばにまどわされてつかのまの夢をみたりしない。それより、姉さま――どこかに横に寝かせてやったほうがいいんじゃないの？」

「あ……」

だが、そうするまでもなかった。

リンダの目がぱちりと開き、そして、彼女は不思議そうにあたりを見回した。

「あら私――どうしたの？」

「姉さまは……しばらくぶりに、神がおりてきて――予言をしたんだ」

レムスが低く答えた。

「それについては、ぼくは……何もきかなかったということにしよう。……というか、ぼくにはわからないことが多すぎたし。……魔道師たちがそうすべきだと思えば、あとで姉さまにその予言について話をすると思うけれど。――それにしても、驚いたよ。あのあいう能力というのは、人妻になって――そのう、つまり……乙女でなくなれば、消滅するものなんだと昔から聞かされていたんだけれど、やっぱり姉さまはとても特殊なんだね。――アルゴス王に嫁いだエマおばさまがやはりかなり特殊な巫女の能力をお持ちで、もっともエマおばさまの場合は、予言じゃあなくて、占い道具を使って占いをする能力だったはずだけれど――ときどき、やっぱりパロ聖王家には、そういう不思議な力をもった女性があらわれるんだな。――それがすなわち、パロ聖王家を途絶えさせてはならない理由なのかもしれないんだけれど」

「私、予言を？」

リンダは驚いて云った。

「どうしよう。私何も覚えてないわ。それに――このしばらく、全然何も降りてこなかったのよ――もうすっかり、そんなことは終わってしまったんだと思っていたのに」

「そういうのはきっと、終わって消えてしまうようなものじゃないんだ」

レムスはつぶやくように云った。

「どちらにせよ――ねえ、姉さま。せっかくこうして会えたのだから、もうひとつだけ、我儘を言わせてもらってもいいだろうか？」

「何？　なんでも、聞いてあげられるかどうかはわからないけれど、いうだけ云ってみてちょうだい」

「この――塔にいるのは、なんだか――とても、ぼくにとっては辛いんだ」

レムスは低く甘えるように云った。

「なんだか、この塔全体が――何かの瘴気を籠もらせているような気がする……それが魔道師達の結界のせいなのか、それともこの塔そのものにそういう作用があるのか、それはぼくにはわからないんだけれど、ぼくは……もうちょっとそのう、地上に近いところで暮らさせて貰うわけにはゆかないかしら？　いっそ地下牢に放り込まれてもいいよ……ここでなければ何処でもいい、くらいだ。……自由の身にはどうせなれないもんだと諦めているけれど、もしできれば――それこそ、マルガでもいいし……どこか寂しい地方へでも流してくれて、そこで……もうずっとそこで暮らせといわれるのなら、そこで……ゆっくりと自分の罪や……自分の不思議なこれまでの人生について考えたりして……なんとかしてもっと普通の、あたりまえの人間になれるように暮らしてみたいと思うけれど……」

「この塔は何か具合がよくないというの？」

心配そうにリンダはきいた。

「何かよくないものがいて？」

「というより……なんだか、ときどき……」

レムスはふいに、眉をしかめ、頭がひどく痛んだ、とでもいうかのように両手でこめかみをおさえつけた。

「ときどき、とても――強い波動を感じることがあるんだ。……なんだかね、あれだけのことを経てしまったせいか――ぼく自身は姉さまみたいな霊能力だの、予言の力なんかかけらもないはずなのに、キタイのだのアモンのだの――黒魔道の波動というものが、近づいてきたのに対してだけ、すごく敏感になってしまっているみたいなんだ。そして、この塔の上にいると、ときたま――とても強烈な黒い魔道の波動を感じるんだよ。それが、ぼくには――とても恐しい。それが、キタイ王のなのか、それとも――それはぼくにはわからない。アモンのではないと思うんだ。アモンの波動なら、ぼくはもっとはっきり見分けがつく、あれだけ苦しめられたんだからね。そして、アモンの波動を感じたらぼくはたぶん、こんなふうに落ち着いて話をしていないで、狂乱していると思うんだ。だけれど、アモンの波動は感じない。――でも、黒い波動を、どう考えてもこれは黒魔道の波動だ、というものが遠くから吹き付けてくるのを感じることもある。ときどき、かなり近くにいるな、って思うこともある。何回か、魔道師たちに確かめたら、そのとおりだ、と云ったよ。そうだね、レイン」

「さようでございます」

レインが云った。リンダは、ほかの人間の存在などすっかり忘れてしまうくらい、レムスとの話に熱中していたので、ぎくりとしてそちらをふりかえった。

「まさしくそれはレムスさまのおおせになるとおりでございます。――レムスさまが、黒魔道の波動を感じたよ、とおおせになりましたときには、私どもの結界はたいていそれよりも少し早く、黒魔道の波動を受け止めております。遠くから偵察するように触れてくるものもございますし、また、偶然上空を通り過ぎただけの黒魔道師ののようだ、ということもございますし――何かあきらかに接近しようとする意図をもって、しかし結界にはばまれたので諦めた、というようなことも何回かございました。それは――私どもには、レムスさまと違いまして、だいたいいくつかのものは、どの方角の黒魔道師によるものかわかっております。――ここで申し上げても大事ございませぬか」

「云ってみて。私にわかればだけれど」

「おそらく、たびたびこちらのようすを偵察しているのはかの〈闇の司祭〉グラチウスの波動ではないかと思われます。この波動はもう有名でございますので、どんな下っぱの魔道師にもわかるほどでございますし」

「おお！」

リンダは声をあげた。

「私、知っているわ。その魔道師、確かあらわれたことがあるわ、私の前に！」

「〈闇の司祭〉グラチウスは中原のいかなるところへも出没して、中原のいかなる事態をも知っている、というのが我々の定説でございます。――ですがこれは、〈闇の司祭〉が何をもくろみ、何をたくらんでどう行動しようとしているか、ということについてわかっているということではございませぬ。――〈闇の司祭〉は我等などの下っぱ魔道師に比べればあまりに偉大な存在ですので、もしも本格的に〈闇の司祭〉の波動がしげくなり、明らかにレムスさまに接近をこころみている、などということがわかれば我等では防ぎ切れませぬ。ヴァレリウス閣下にご相談するほかはございませぬが……」

「……」

その、ヴァレリウスはいま不在なのだ。リンダはくちびるをかみしめた。

「ほかの波動は……私どもの見たところでは、レムスさまのおっしゃるとおりアモンのものはまず感じたことがございませぬ。アモンの波動についても、魔道師ギルドのものたちは熟知しておりますので、それについては断言できます。——アモンのものはございませぬ。それと、キタイ王のものはごくまれに偵察だな、という遠い波動を感じることはございますが、それ以上のものはございませぬ。——が、いくつかの黒魔道の波動が、確かに動いているのは、本当でございます。それに——それが〈闇の司祭〉だけではない、ということも……」

「それは……」

いくぶん、興奮を覚えながら、リンダは聞き返した。

「それは、要するに何を意味しているの。その黒い波動というのは、黒魔道師がどうしようとしている、ということなの」

「パロを……めぐってうごめいている、と……」

「っていうのは、どういうこと？　パロを狙っている、ということ？」

「とも、限りませぬ。——むしろ、パロにまつわるなんらかの——狙いがあるかもしれませぬし、逆に……その黒い波動は、黒魔道師の波動そのものと申すよりは、このクリスタル市周辺でまたなんらかのヤーンの激動の気が動き始めていることに引き寄せられてくる黒魔道の気かもしれぬ、とも申せます。が、逆もまた真なりで、その黒魔道の《気》が集まって参りますと、そこにいろいろな瘴気が発生し——すると星々が動き、いろいろな——事件が勃発しやすくなります」

「事件ですって」

リンダは思わず身をふるわせた。

「おお、パロはやっと平和を取り戻しつつあるところなのよ。もう、いかなる事件もたくさんよ、というより、パロはもう当分どんな事件をだって、受け止めるだけの力はないわ。私にも、クリスタルにも。勘弁してちょうだい——黒魔道の気とやらを防ぐすべはないの？　いまもし何かおこったら、間違いなくもうそれこそ伝統あるパロは地上から消滅してしまわざるを得ないわ。本当に」

4

魔道師たちは顔を見合わせた。リンダは不安そうにレムスと、魔道師たちを見比べた。

「御意……」

「レムスをこの塔に、ことにこの塔の上層部においておくのが、レムスのためにも、またパロのためにもよくないというのだったら、それはすぐにでも、レムスの処遇については考え直してみなくてはならないわ。私は、レムスに、ともかくも長いあいだの衰弱から回復し、正気を取り戻してもらうためにこそここにいて静養してもらっているのよ、それなのに、その結果、ここにいることでそのような悪しき波動とやらを受け止めて、もしもレムスに何かあったら――それこそ、いますぐにでも、なんとか対策を立てて――」

「それについては、また我々魔道師ギルドにおきましても、いろいろと討議いたしまして……その結果をご報告にあがらせていただこうかと存じます。リンダ女王陛下」

いまここで、レムスの泣き落としにかかって、リンダが何かあっさりと決定してしまい、綸言汗の如しということになるのではないか、とおそれたようすで、レインがあわてて云った。

「私どもといたしましても、まだいろいろと——調べなくてはならぬことも多うございますので……」

「それはもちろんそうだと思うわ。ここで何かすぐに結論を出そうとは思わないわ、そんななまやさしい問題ではないし」

リンダは云った。

「でもとにかく、私のいったとおりに、レムスを白亜の塔にとどまってもらっているのは、ひとつにはレムス自身を守るためであるのだ、ということだけは忘れないでいただきたいわ。レムスはむろん、一応重罪犯としてはみなされているけれども、同時に、あくまでもパロの元国王でもあり、また私の大切な弟でもあるのよ。レムスに何か危害が及ぶようなことがあれば、私が黙っていないわ」

「それはもう、重々心得ております」

「それゆえにこそ、女王陛下のおぼしめしをうけて、われら一同が日夜このように詰めて警固をいたしておりますしだいで」

「レムス、上層からもっと下の階にうつることについては、魔道師たちにも検討させて、いずれ結論を出すことにするわ。それに、場所的にも——マルガはよくないと思うわ。

マルガの離宮は……マルガ周辺のものたちは一番、あなたを仇敵と憎んでいると思うの。――マルガは国王軍の手で徹底的にまず追いつめられ、それからイシュトヴァーン軍の手で炎上したのだから。でも、ほかにも……手頃な場所を考えても、正直のところ、いまのパロ王家は、そのためにまたあらたに設備を作ったり――もと国王が過ごすのにふさわしいような場所を整備してあげるだけのお金がないのよ」

ちょっと悲しそうに、リンダはおもてをふせた。

「お金がない、なんて……こんなに大変なことだなんて、私、一度も考えたことがなかったわ。なんとも――なんともいえないくらいのんきに、いい気に生きてきたものだなあって、いまになってとてもとても思うの。――本当に、私、いつまでも何も物知らずで――本当に甘ったれで、甘やかされていて、しょうもなかったわ。あなたもその若さで国王につけられて、どんなに苦しくどんなに大変で、どんなに辛い思いをしていたか、いまやっとわかったのよ。私は本当に馬鹿ね。――自分が女王になってみてはじめて、一国の王である、ということの重圧がよくわかった気がするわ。本当に、誰も助けてくれない――何もかも自分で決めなくてはならないし、どこにも逃げ場がないし、なんというのかしら――叫びだしたくなろうが、逃げ出したくなろうが、どうにもならない、というようなことなのねえ。――そんなこと、いまさらしく云うのかとか――いまになってやっと、何年も前のぼくの気持がわかったかと、お前にいわれてしまうかもしれないけれど……」

「そんなことないよ」

レムスは悄然と云った。

「ぼくはたぶん、本当に国王になんて向いていなかったんだ。たぶん姉さまのほうがずっともともとの気性だって強いし、国王につくのにむいていたと思うよ。ぼくは……ぼくはずっとこの塔のなかで考えていた。考える時間だけは本当にたくさんあるし、ほかにすることなんか何もないんだから。ぼくはなんでこんなに馬鹿だったんだろう――自分で何もかもやろうとあまりにりきみすぎて、なんでもかんでも――馬鹿にされているとひがみすぎて、本当にぼくは何ひとつひとののいうことにも耳をかさないし、何がどうあっても自分の意見を枉げまいとして、夢中になって身も心も鎧っていた気がする。――その結果として、ぼくはどんどん孤独になってしまった。ずっと思っていたよ――国王というものは、なんて孤独なんだろう……」

「まあ――レムス」

「なんだかみんな、誰もかれもぼくのまわりからいなくなってしまって、玉座の上にまつりあげられ、冠をかぶせられたまま、ぼくひとりが遠巻きにしてじろじろ見られて物笑いの種にされているようで――どうしていいかわからなかったよ。苦しくて、辛くて――でも、その苦しくて辛いのさえ、あざ笑われているかのようで……誰ひとり信じられなかったし……姉さまも、ナリスも——ヴァレリウスまでも結局ぼくを裏切ってナリスについてしまった。ぼくはこの世でたったひとりぼっちだ、という気がしていたよ……アルミナだけはぼくの味方だったけれども。でもそのただひとりの味方のアルミナまでもぼくはひどい目にあわせてしまった……悪かったのは結局ぼくのその弱さ、孤独、そして愚かしさと……孤独に耐えられないもろさだったんだと思うよ……」

「まあ……レムス。私……私本当にこの数日、とても……とてもひとりきりだ、と感じていたの。誰もかれも、まわりからいなくなってしまった——って……」

感動して、リンダは云った。

「ああ、やっぱり——私たち、双子なのね。パロの二粒の真珠なのだわ。私たちのなかには同じことを感じる心がある——私たちは、血をわかちあったこの世でたったふたりのきょうだいなのよ。……私がとても孤独を感じていた同じときにきっとレムスも白亜の塔のなかで世のすべてに見捨てられたと感じていたのだと思うと——なんだかとても、《私はひとりぼっちなんかじゃないのだ》という気がしてならない。本当に——本当に、あなたがいてくれてよかった。きょう、ここにきて、あなたと会えてよかった。……もう一度、私は弟を取り戻したような気分だわ……」

「おお——姉さま……」

「レムス、私の——大事な弟……」

「ぼくを――そんなふうにいってくれるの……あんないろいろなことがあって――あんなに悲しいことや辛いことがあったそのはてに……また、ぼくを、姉さまの弟、と呼んでくれるの……」

「当然じゃないの！　あなたはそうなのだから。――そうよ、結局、すべては、私があなたからはなれて、あなたが私からも、ナリスからも、誰からも見捨てられてしまった、と感じたときにはじまったのだわ。そのあなたの気持の空洞にこそ、ああしていろいろなまがまがしいものたちがとりつくすきが生まれてしまったんだわ。――そして、私のいまちょうど感じていた同じ心の空洞や寂しさだって、きっと――パロの女王であるからには、同じほど危険だったんだわ。パロの国王であるあなたにとって危険だったのと同じほどに、いまの私も危険なところにもしかしたらさしかかっていたんだわ――それへ、でも、ヤーンの神が、私に（お前はひとりじゃない。お前には弟がいるのだ）と――そう教えてくれるために、きょう、お前の会いたいという書状をつかわしてくれたんだわ」

「姉さま……」

「レムス……」

二人はこんどはテーブルをへだてていたので、いだきあうことは出来なかったが、かわりにしっかりと手を握り締めあったまま、かたく見つめあった。互いの瞳――青ずんだ紫のレムスの瞳と、やわらかなスミレ色のリンダの瞳のその目と目のあいだに、あたたかな思いのたけが流れ込んで互いをあたため、癒すかのようであった。

「早く、よくなってちょうだい。すっかり、健康をとりもどして――正気も……」

リンダはつぶやくようにいった。

「そして、私のために……魔道師たちのどんなきびしい審査にも検査にも合格だと太鼓判をおしてもらって、正式に、パロ王家の一員として復活できるようになってちょうだい。そうしたら――あなたが女ひとりで頑張っている私のそばにいてくれれば、私はなんて心丈夫でしょう。――もう、あれだけいろいろあって、あなたの王位継承権は正式に剝奪されているから……もう王子には戻れないけれど……大公にしてあげることなら、私にはいつでも出来るわ。そうして、私を補佐してくれるなら――もっとも、私、つくづくと、自分は本当に女王になんかむかないと思い知っているの。あなたよりきっと、私のほうがもっとパロの女王なんていうしかつめらしいものになるには向いていないんだわ」

「そんなことはないよ」

レムスは驚いて叫んだ。

「姉さまはぼくなんかより、いつだって、それはしっかりしていて――頼もしくて、気性だって強くって……」

「少しも、そんなことはないと、やっとわかったわ、私」

　リンダは笑った。

「自分でもそう思っていたし、それを気取ってもいたけれど、こうやって朝から晩まで、あれを決めてくださいこれはどうしましょう、まだこれとこれが残っています、これをこうしないとすぐにこうなってしまいますなんて云われ続けているとね、レムス――なんだかもう、本当に『いーっ』となってきて、テーブルをひっくり返したくなってしまうわ。私本当に辛抱も忍耐力もないし、何よりもまったくそんなふうに国王としての訓練なんか受けてこなかった。あなたよりももっとずっと、何から何まで不安なのよ、私は……王様でも女王様でも、一国の支配者になんか、なんでみんななりたがるのでしょう。私は少なくとも、二度とごめんだわ――もう一回生まれ直したとしたら、絶対に王位継承権者になんか生まれてはこないわ。もちろん、こうなってしまった以上、やるべきことはやらなくてはいけないと思うから、つとめているけれどね」

「やっぱり、本当は、姉さまはちゃんとやっているのじゃない」

　レムスはちょっと楽しそうに笑った。

「いつだって姉さまはぼくなんかよりずっとちゃんとしていて、なんでもうまくやれたもの。――ぼくはいつも、姉さまと比べられてひがんでいたものだよ。どうせぼくなんか、って。――そのひがみっぽい根性がいけなかったんだろうけれどもね。でも、本当にこれからは……もしまだ処刑されずにすむのだったら、少しでも長く生きていられるのだったら、なんとかして、もっと——もう少しはまともな人間に生まれかわれるように頑張ってみたいなと思っているよ、いま、とても、ぼくは、切実に」

「そうなのね……」

感動して、リンダは手をさしのべ、またきつくレムスの手を握り締めた。

「なんとかして、またあなたと——こんな狭い堅苦しい息詰まるような塔のなかでなんか会わないですむように、またあなたと仲良くともに助け合って生きてゆけるようになりたいわ。——もちろんアルミナのことも……それにファーンのことも、私、いつも気になっているのよ」

「ファーン……ベック公も、まだ具合がよくないんだね？」

「とてもよくないようだわ。というか、まだ前のままでまるきり変わらないみたいよ。よくなることがあるのかどうかもわからない。——アルミナのほうが、かえって落ち着いているみたいだけれど」

「アルミナに会いたいな」

わななくようにレムスは云った。

「会って——こんなことになってしまってすまない、と心からわびたいと思う。本当に、姉さまの次に……ぼくは、アルミナにわびたいよ。本当にアルミナにはすまないことをした。ことに、こういっては何だけれども、姉さまはまだ、パロの王女なんだから……パロの苦難をともに受けてゆかなくてはならないところもあったけれども、アルミナはそうではない、ただ、運悪くも、嫁いできたらそれがぼくみたいな運命のもののところだったというだけのことなのだし……」

「でも、アルミナはあなたをとても愛していたわ、レムス」

かつてアルミナのことを少し悪く思っていたことなど、まったく忘れはてて、リンダは胸を痛くして云った。

「その思いはいまだって変わってないと思うし――むしろ、あなたと会って、元気で正気のあなたが戻ってきたことを知ったほうがきっと、アルミナも早く元気になれるとは思うのだけれどね。それも、帰ったら魔道師たちにはかってみるわ――一度、あなたとアルミナを会わせてみることはどうかって。もちろん、それでどっと悪化してしまうような可能性があるようなら、アルミナのためにそれは避けたほうがよいと思うけれど……それは、あなたの名前を出して反応をみたりして、いろいろようすが調べられるでしょう。……もうあんな恐しいことは全部終わったんだということ、もうこれからは、ずっと平和が続くはずなんだということを、アルミナに知らせてあげられれば、ずいぶんとアルミナだって、気持がおだやかになってくると思うわ」

「だといいんだけれども……」

深く吐息をもらして、レムスはつぶやいた。

「本当に、罪のつぐないというのは、どれほどの時間をかけても、どうなるものでもないんだなあ！——どれほどくりかえしあやまっても、わびても——やっぱり、ぼくのいのちであがなわれなくては気が済まぬという人もいるだろうし——愛する人をぼくゆえに喪ってしまった人、愛するものをぼくのために、アルミナみたいな目にあわせてしまったもの、持っていたものをすべて失った人——だけど、一番ぼくを恨み憎んでいる者は、たとえぼくが惨殺されたところで、最愛の者も自分の将来も家族の未来も何もかも失ったということはあがなえない、と思うかもしれないし——そう考えれば、どれほど虫が良くてもぼくにはもう、二度とパロのおもて舞台に復帰する勇気なんかない……」

「おもて舞台でなくてもいいわ。私は……私は、あなたがただ、ちょっとだけ——幸せで、無事で生きていてくれて——私のささえになってくれさえすれば、それでいいの」

リンダはレムスの手を握り締めて云った。

「もしあなたを恨んでいい人間がいるとすれば、それは私だと思うわ。——私とアルミナだと思うわ。その私とアルミナが、あなたを許し、愛し、そしてまたともに生きてゆきたい、と思うとしたら——それこそが、パロのひとびとへの何よりのあかし、愛情とおおいなるゆるしのあかしになるのではなくて？——そうよ、レムス、憎しみと戦いの内乱の苦しい日々はもう終わったんだわ。あとは愛し合って暮らしましょう——もう、殺すのも殺されるのも、恐しいことはみんなたくさんよ。思えばあの……黒竜戦役の、モンゴールの奇襲でたたき起こされ、太平の夢を破られたあの一夜から、いったいどれほどの苦難と戦いと流血とを経てきたことでしょう！　もう、沢山だわ。もう戦争も流血も悲しみも沢山。このあとは平和と、そして愛と、そしておだやかさだけがあればいい——そうなればいいのにと思うわ……もう、悲しいことはいやよ……」

リンダはそっと両手で顔をおおった。レムスは、慰めたそうに手をのばそうとしたが、まわりの魔道師たちの目をはばかるようにあわててひっこめた。

やがて、リンダは手をおろして、健気に微笑した。

「もう、大丈夫よ、レムス。——今日、お前の顔をみたことで——お前がこんなに元気そうになったのをみて、私もずいぶん安心したわ。とにかくお前の頼みについては、アルミナのことも含めてもっと積極的に魔道師たちにはかってみることにするわ。それに、とにかく、もうちょっと——看視をゆるめるのではないにせよ、もうちょっとお前が自由に動ける場所をあげたいと思うわ。健康をとりもどすのにだって、そのほうがいいだろうし。——それに、お前はもう、その後は何も《魔の胞子》だのぶきみな怨霊だのに操られているようすはないと魔道師たちもいっているし。——もう、お前も、また頭のなかに何かが入り込んだり、そんな恐しい夢をみたりはしないんでしょう？」

「夢は、みるよ。よく悪夢にうなされる。だけど、悲鳴をあげて飛び起きて、自分がただひとり安全にこの塔のなかにいることを知ってほっとするんだ。全身、冷たい汗にびっしょり濡れている」

「恐しい目にあったのですものねえ！」

同情的にリンダは云った。レムスは首をふった。

「同時にひとを恐しい目にもたくさんあわせてしまったと思うけれどね。でも、とにかく、あのころみたいに——なんだか突然に頭のなかに誰かの声がしたり、ぼうっとかすみがかかったようになって何がなんだかわからなくなってしまったり——そして気が付いたら自分の下した覚えもないような恐しい命令が下されていてものごとがどんどん悪くなっていったり、そういうことはもうないと思うよ。もちろんいまはもう、そうやって命令の下しようもないわけだけれども」

「もう、頭のなかに、誰か別の人間が住み着いていて、頭のなかを乗っ取られてしまうような感じはしなくなったのね？」

リンダは確かめた。レムスはうなづいた。

「それはもうずっと——少なくともこの数ヵ月は全然なくなっていると思う。たぶん、最初のうちは——解放され、とらわれびとになった最初のうちは、そんなことさえもわからず、ほとんど何がどうなったのかもわからないままで、長い混乱した悪夢のなかにいるような気持だったよ。ほとんどあのときには、いまがうつつなのか、悪夢のなかかなのかもわからなかった。その直前にはもう、現実そのものがまぎれもない悪夢に変化してしまっていたのだし。いつごろから、少しづつ正気でいられる時間が長くなったか、わからないけれど、気が付いたら、だんだん——自分自身でいられるようになっていて……まだ、全部が全部そうなのかどうかはわからないけれど、でも、ああ、これはまぎれもなく自分の頭で考えていることだ——これは確かに自分の頭で決めていることだ、とわかるのは、そう確信することが出来るというのはなんて気持がいいんだろうな。なんだか、それが、人間にとって一番大切なことかもしれないという気さえするよ。あのころ、自分がどんなに苦しかったのかも、どんなにわけがわからなくされていたのかも——どんなに恐ろしかったのかさえ、自分では感じることもできなかったんだ！」

「恐しい目にあったのね……酷い目にあわされたのね。それもみな、あのキタイの怪物どもが悪いんだわ」

リンダは首をふった。

「いえ、でも、その前に——私だって、姉としてもうちょっと早く、あなたがそんなつらい目にあおうとしているということを知っているべきだったわ。でももう何もかもくりごとをくりかえすばかりになってしまう。もうやめましょう——むしろ、これからはもっともっと、希望にみちた日々がやってくるんだと信じられる。いまこそ、すべてはこれからはじまるのだわ。そのう——もう、失ってしまったひとびとは戻ってはこないけれど……」

リンダはそっと涙をおさえた。

「でも、そのかわり、いまは私はもう自分を孤独だとは——世の中のすべてに見捨てられたとは感じないですむようになったわ。私には愛する肉親がいる——大事な弟がいて、そして弟は私の助けを必要としている。私が、パロの女王として正しい政治をしたり、正しい決断を下すことが出来るのなら、それは私の最愛の弟を助けるためにも、大きな力になるのに違いない。そう思うと、いまはじめて、私は、とてもいやいや、誰もほかになるものがいないからと説得されてしょうことなしにパロの女王になったのも、悪いことではなかったという感じがしてくるわ。——いや、レムスを助けることが出来るのなら、それだけでも私はパロの女王になった価値があるというものよ。有難う——あんな辛いことがいろいろあったけれど、よくそのあいだを生き延びて……こうしてまた、私の弟として私のまえに戻ってきてくれたわ。何よりも嬉しいのはそのことだわ。私はもうずっと、お前から目をはなしたり、お前が私のさいごの肉親であることを忘れたりはしないと誓うわ。——そしてお前の幸せと魂の平和のために責任をもつわ。アルミナのことも、私の本当のいもうととして大切に思うわ。もっと早くにそうしているべきだったんだわ。そうしないで、自分はひとりぼっちだ、ひとりぼっちだと思っているなんて、私はなんて馬鹿だったのだろう。——こんなに、私の助けを必要としている大切な肉親がいたというのに。……でも、もう大丈夫よ、可愛いレムス――これからは私がいるわ。私はもう二度とお前を誰かそんなおぞましい悪魔の黒魔道の手先に餌食にさせたりはしないことよ。こうみえても私だって予言者姫だの、霊能者だの、巫女姫と呼ばれるだけの力をもっているのだわ。もっともっと勉強して、私、自分自身が自分の予言やその能力を正しく使えるようにならなくては。そうしたらもっと、私はきっといい女王にもなれるし――おかしなことね。ひとはやっぱり、愛するものがいなくては生きてゆけないということかしら。私、ほんの昨日に、もうこれ以上生きてゆけないかもしれないとさえ感じていたのよ――誰も愛さず、愛されず。何ひとついいこともなく――いまは、私、愛と希望に満ちているわ！　どうしても、いまにお前をもういちど、幸せな私の弟として皆の前に出させてみたい。そんなあらたな希望が生まれたわ」

「じゃあ……ぼくは……処刑されることはないんだね……？　そう思っていても――希望をもっていても――いいの？」

「たとえ世界じゅうがお前を処刑しろと迫ってきたって、パロの女王は私だわ。私のすべての権利にかけて、断じてお前に指一本ふれさせることはないわ！」

リンダは叫んだ。魔道師たちがそっと目を見交わした。

「もう二度と処刑されるなどという恐れは持たなくていいのよ、レムス。お前は、私が守るわ。お前ほど安全な者はいまのパロにはいないと思ってもいいくらいよ。お前は決して処刑されないわ。何があっても。誰がなんといって告発しようとも。それはもう、私が決めてしまったの。私はパロの——私はパロの女王なのだから！」

第四話　帰　国

1

静かな日々が、青紫のやわらかな空の下に流れていた。

決してむろん、その底流においては静かではなかったにせよ、しかし、それは、一見すればかなり静かな、なにごともない日々といってもいいくらいであった。それは、それまでのしばらくが、あまりにもどこの国にとっても波瀾万丈にすぎ、何も大きな事件のおこらぬ日などというものが珍しいくらいな、あわただしく息もつかせぬ日々だったからであったかもしれない。

ケイロニアでは、グイン王の行方に肉迫しながらもついにその身柄を守護することが出来ず、任務の失敗に悄然となった、黒竜将軍トール、金犬将軍ゼノン、そしてヴォルフ伯爵アウスらが、失意の帰国のサイロン入りをはたしていた。グイン王の無事はあるていど確認しながらも、ついにその姿を見ることもできぬままの帰国、ということで、トールも、ゼノンも、アウスもいたってしょんぼりとしていたが、それを一日千秋の思いでグインの無事な帰国を待ち望んでいた、アキレウス大帝に報告するのは、なお辛かった。

「そうか……」

だが、さすがにアキレウスは名君でもあれば、また長いあいだ、ケイロニア皇帝家の史上に残る明君として君臨してきただけの人情家でもあり、酸いも甘いも嚙み分けた苦労人でもあった。誰よりもその報告に失望落胆したのは、アキレウス自身であることは疑いをいれぬところであったが、アキレウスは、あえてそのような表情はおくびにも出さずに、長い旅をしかも任務の失敗の上に終えた部下たちを手厚くねぎらった。

「そうであったか。よい、よい。いずれにせよ、わが息子グインは無事で——そして中原に戻ってきて、この中原の同じ空の続く下にいる、ということが明らかになったのだ。……それだけでも、大きな成果と云わねばならぬ。いずかたへか、行方知れず、というのと、中原のこのあたりにいるはずだが——というのでは、まるで違う。気を落とすな」

逆に、アキレウスが、肩を落としたトールやゼノンやアウスを慰める風情に、人々はいっそうかえってひそかに涙を誘われた。アキレウスがどれほどグインを我が子として深く愛し、頼みにし、その帰国だけを首を長くして待ちこがれていたのか、誰ひとり知らぬものもなかったからだ。

「ともかくも無事でいてくれれば、いつかは必ずあれはケイロニアに戻ってくる。わしにはわかる——あれは、理由もなく失踪し、そしてもう二度とここに、わしのもとに戻ってこぬようないい加減の者ではない。あれは大丈夫だ——ますらおだ。あの男はそのかわり、断固として、おのれの信じたとおりにしかふるまわぬ。……あの、ユラニア遠征のことを覚えていよう。おのれが、それがケイロニアのため、わしのためだと信じれば、あやつは、あえてわしの命令にさえさからうことをためらわぬ。ましてや、それがきわめて重大だと信じれば——単身キタイにシルヴィアを取り戻しにいってくれるいのちがけの大冒険にも、少しもためらうことはなかった。このたびのこの失踪についても、どうやらあれにはおのれの信ずるところがはっきりとあったようすだ——そうであってみれば、いずれまた戻ってくることが出来るようになりさえすれば、必ずあれはサイロンに、黒曜宮に戻ってくる。——あれはわしの手から誓いの剣をさずかり、ケイロニア王となった。そうである以上、あれはいわれもなくその任務を途中で放り出すことはせぬさ」

「御意……」

失望落胆していたことにおいては、グインの親友をもって任ずるランゴバルド侯ハゾスもまた、アキレウス大帝にまさりおとりはなかった。

老いたる義理の父親が、そのように健気に勇敢に堪え忍ぼうとしているものを、若いハゾスが失望をあらわにおもてに出すわけにもゆかなかったし、必死に長い困難な探索行の遠征を続けて空手で戻らなくてはならなかった遠征部隊の労苦と心痛を思えば、さらにそうであったが、それだけに、ハゾスの無理やりに浮かべようとする微笑には痛々しいものがあった。

「グイン陛下は……あれほどの勇者であられます。ひとふりの剣さえあらば、いや、それさえなくとも、陛下に危害を加えることのできる者はこの世におりませぬ。——そうである以上、必ずや……陛下は戻っておいでになります。おそらく、いまは……陛下は、何か、口外出来ぬ大きな任務か……理由をかかえておいでなのです。それゆえ、サイロンにお戻りになる時期ではない、とお考えなのに違いない。それ以外では……グイン陛下のみこころはつねにサイロンに、黒曜宮に、ケイロニアにあるはず——必ず、お戻りになります。必ず、近いうちに……」

「ああ。——わしはそう信じているぞ、ハゾス」

が、皆の前ではそのように気丈にふるまっていた主従であったが、二人だけになったときには、さしもの老アキレウスも多少の弱音を吐かずにはいられなかった。ことにトールやゼノンによる報告——すでにグインともう落ち合えると信じたその地点には、案に相違して病に倒れた黒太子スカールが取り残されていただけであった、という、その報告は、さしもの老英雄をも、少々がっくりとさせていたのだ。

黒太子スカールとの邂逅は、トールやゼノンにとっては、いささかの興味にもなったし、また、確かにグインがスカールと行をともにしており、直前までかれら捜索隊はグインの存在に肉迫していたのだ、ということを確信する材料にはなった。だが、その後のトールらの報告によれば、スカールは《ドールに追われる男》イェライシャ、と名乗るあやしい魔道師に連れ去られ、そしてイェライシャとのあいだにどのような話があったのか、同行していたヴァレリウスに強くすすめられて、かれらはもうこの上グインの行方を追い求めてもいまは無駄であることを悟って、すごすごと帰国の途につかされたのだった。どちらにせよ、それ以上の長きにわたれば、遠征隊の路銀もつきてくるし、食糧も底をつき、何よりもそれから先にモンゴール領内に深くわけいってゆけば、さらに重大な外交問題にかかわらざるを得なかった。ヴァレリウスの魔道師部隊の斥候によれば、そのころ、グインの手によって傷つけられたイシュトヴァーン王もトーラスを引き上げ、イシュタールめざしてかなうかぎりの速度で帰国の途につこうとしていたからである。万一にも、その軍とぶつかるようなことがあれば、大外交問題に発展するだろうし、場合によってはケイロニア－ゴーラ間の大戦争が勃発もしかねないだろう。

それゆえに、ヴァレリウスのすすめにしたがい、トールたちはいったん帰国することを決意したのだった。あくまでも、任務を断念したわけではなく、「いったん戻って中途までの経過を報告し、そしてまたさらなる探索に出発する」ためである、とはかれら全員が自分自身に言い聞かせていたのだが。

ヴァレリウスの調査のおかげで、グインがおそらく、スカール黒太子と遭遇してイシュトヴァーンの追跡をふりきり、そしてスカールとも別れて南へ向かったらしいこと――そのさい、マリウスも同行したのではないかと思われること、なども少しは明らかになっていたが、ヴァレリウスは、「あくまでも、これは私の推論ですが」と付け加えるのを忘れなかった。マリウスについては、たぶん一番その行方について気にしていたのは当のヴァレリウスであって、ヴォルフ伯爵だの、ゼノン将軍にとってはまるきりマリウス、といわれてもよくわからぬ存在にすぎなかったし、黒竜将軍たるトールにとってもそうだっただろう。だが、かれらには、とにかく、どういうわけで、手のとどくところまできたかれらの王が、よりにもよってかれらの手からすりぬけるようにして《行ってしまった》のかが理解できなかった。それが、いっそう、隠れん坊で鬼に取り残されてしまった子どものように、かれらをしょんぼりとさせていたのだった。

「スカール太子、などというものが、いまさらのようにここにあらわれてくるとは思わなんだな、ハゾス」

のちに、ほかのものを下がらせ、二人きりになった居間でようやく、アキレウス大帝は、老いた顔に失意をあらわにしながら、愚痴をこぼした。

「なんだか、ヴァレリウス魔道師の報告というのも、わしがケイロニアの人間であるせいか――どうも眉唾な部分があるように思われてならぬのだが、だからといって、『では何が眉唾か』といわれれば、そこをてきぱきと指し示すわけにはゆかぬのが、我々、魔道とは縁もゆかりもない俗人の悲しさでな。――だが、なんだか……嘘をついているとまでは云わぬが、ヴァレリウス宰相のいうことは、なんだか妙だとわしは思った。おぬしはどう思った、ハゾス」

「さあ、私はまあ……ヴァレリウスどのの言葉が、というよりも、グイン陛下の行動としてヴァレリウスどのが云われたことそのものが、あまりにも、陛下らしからぬ、と思えました。――まるで、あの話のなりゆきをうけたまわっておりますと、グイン陛下が、我々の手の者――しかもそれはトール将軍のような、グイン陛下にとってはもっとも信頼する部下なのですぞ――に会いたくなくて、みずからイエライシャとかいう魔道師に頼んで行方をくらました、というようにとれます。……自らの自由意志で、捜索部隊と会うのを避けて逃亡した、というようにですな。――だが、陛下がそのようなことをなさる理由が、あの報告を受けて以来私はずっと考えに考えて頭が真っ白になるくらいに考えておるのですが、いっこうに飲み込めません」

「まったくだ。わしも同じだ。グインは、同国の軍勢を避けたりする理由はない――ましてや、やつはゼノンをこの上なく可愛がっていたし、トールのことも、グインが自ら見込んで取り立てて、しぶるトールを、こやつならば自分のあとがまの黒竜将軍にぴったりだからと、無理矢理に説き伏せて将軍につけた奴だ。いわばトールもグインにとっては最愛の部下だ。……それらと会うことをなぜグインはいとうのだろう。まるで——」

「は——？」

「まるで、いや、これはとてもおかしな連想だがな……まるで、グインが何か重大な伝染病にでもかかっていて……それを、愛する部下たちにうつらせたくないとでもいうかのようだ、と思ったのだよ。……いや、むろんこれはわしの妄想にすぎぬがな」

「はあ——しかし、そうとでも考えぬ限り、なかなかありえぬことでございますな」

「そう、それに、ゴーラ王イシュトヴァーンと単身戦い、傷をおわせた——ゴーラ軍とのしのぎあいでスカール太子と遭遇し、そして大規模な山火事からいのちからがら逃れた——まあ、山火事の部分はさておき、ゴーラのイシュトヴァーンと単身戦った？　それこそ——グインらしくもない。わしの他国内政不干渉主義はきゃつは誰よりもよく知っておるし、それゆえモンゴールの反乱などに何があろうとくみするわけはない。たとえそちらにいかに正義があり、ゴーラがいかに非道であると思ったところで——もしも本当にそれに介入もやむなしとなったら、きゃつは必ず、それについてはわしになんらかのかたちで報告してくるだろう。……まして、ヴァレリウスがあのように近くにいるのだ。奴は我々よりかえって魔道師馴れしている。ましてもっと偉いそのなんとかという魔道師もともにいたのだろう。魔道師どうしに連絡してもらえば、どんな遠くからでも国表に連絡をとるのもたやすいことのはずだ。だが、きゃつはそれもしようとせず——すべてを独断専行でおこなって、あげくまた行方をくらましてしまった、というわけか」

「陛下——らしくございませんな。なんだかまるで……」

「な、まるで——」

「さようで、まるで」

「まるで、なんだ」

「陛下は、どうお考えで」

「別人のようだ——とわしは思っておったよ」

「おお、それそれ、それでございます。私の考えておりましたのも、なんだか別人のような行動だ……ということでございまして」

「といって、あのような者がこの世に二人とはいるわけもないし、そもそも、黒太子スカールと肝胆相照らしたり——稀代の梟雄《きょうゆう》で知られたイシュトヴァーン王にやすやすと深傷を負わせたり——いくつもの山々を焼き尽くす大山火事からかろうじて脱出したり——起こっている出来事そのものは、いかにもわしの知っているグインそのもの、という感じがするのだが……」

「さようで——ございますなあ……」

「ただ、トールたちが近づいたことを知って、あわてて逃げ出してしまった——会うことを避けた、というのだけが……グインらしくもない」

「誰か……あるいはなにものかに、拉致されたり……無理やりに……いやいやいや」

云っているうちに気がさしてきたように、ハゾスは首をふった。

「お忘れ下さい。あの陛下を、拉致するのも相当に大変でしょうが、それよりも、何によらず、グイン陛下に何かを無理じいする、などということが出来る者はこの世にはおりますまいな。出来るものがいるとすればただひとり」

「誰だ、ハゾス」

「シルヴィア王妃陛下ではないかと」

「ウーム……」

意味深長な呻きを、アキレウスはもらした。

それから、思いあまったように、忠義な宰相をのぞきこんだ。

「お前が、その名を口に出したから、いうのだが……」

「は……」

「まさか、やつめ……そのせいで、戻ってくるのがイヤになってしまった——わけでは

ないだろうな？」

「は——ッ？」

「シルヴィアにいやけがさしていて、シルヴィアの顔の見たくなさに、ケイロニアに戻ってくることを得ない……などということは……あるまいな」

「何をおおせられます、陛下」

仰天してハゾスは叫んだ。

「グイン陛下はつねにかわらず、忠実にシルヴィア王妃陛下を愛しいつくしんでおいでになるではありませんか。時にその、こう申してはご無礼ながら……あまりにも、当の王妃陛下のほうが、そのことの意味を……グイン陛下ほどのもののふ、英雄豪傑が、王妃陛下にあれほどつくし、愛して下さっているということのありがたみをいまひとつ、わかっておられぬのではないかと——いや、いや、いや、これはよけいなことを」

「よい、よい、ハゾス。わしが気になってたまらなんだのは、もっと重大なことだからな」

「………」

ぎくりとして、ハゾスはアキレウスを見つめた。

「魔道師などというものは口さがないものでもあろうし、それでいてなんでも知っているものでもあるときく」

アキレウスはにがにがしげに首をふった。

「もし、万一……その魔道師――かどの魔道師かわからぬが……悪意ある魔道師が、ケイロニア宮廷の……あれこれの醜聞をグインの耳にいれたらどうなる。あれはおそろしく生真面目な男だ。その上に……勿体ないほどに誠実にシルヴィアを愛してくれている。だがわしの出来の悪いむすめのほうは、そのありがたみがわかっているとも思えぬし、それに誠実に応えているとも言い難い、といわねばならぬ、残念なことにだな」

「陛――下……」

「シルヴィアが不貞をはたらいている、夫の長い遠征による不在をこれ幸いと……やりたい放題の放埒に身をまかせ、すべてその恥ずべき行状が宮廷中につつぬけであるとも知らずに不貞をはたらいている、などということが、あれの耳に――万一にも入ったとしたら……」

「へ、陛下」

老帝は、そのようなことでその雄々しい心をいためていたのか――と、ひどく痛ましい思いで、ハゾスはアキレウスを凝視した。

「それゆえ――だが、きゃつはあくまでも誠実な奴ゆえ、戻ればシルヴィアのその不貞もおそらくはおのれのいたらなさゆえ、おのれの不在ゆえとおのれを責めて、決してシルヴィアをいたずらに打擲折檻するようなことはせぬだろう。あのやつがそのような感情に走った行動をとるところは、わしにはどうにも想像できぬ。だが、それだけに……」

「陛下……」

「宮廷に戻って、妻の裏切り、不貞という――なさけない現実に直面するのがいやさに……いま少し失踪したままでいようともし、わが息子が思ったのだとしたら――わしは、その何を責められよう。――わしはずっとここにいた。いながら、わが血を分けた娘の不行跡を、どうすることも出来ないでおる。叱責することも出来ず、といって娘を裁くだけの勇敢さもなく。――わしがこのようにいたらぬゆえに、かつて、この娘はキタイの陰謀にやすやすとのって拉致され、そのさいにもグインに多大なる迷惑をかけた。だがやつは文句もいわずにその難儀な任務にたちむかい、首尾よく不出来ないたずら娘を救出してきてくれた。それのみか、その娘を――キタイの手先である淫らな間諜に誘惑されて身をもちくずしたケイロニア皇女を、おのれの妻に迎え、ケイロニア王妃という栄誉ある身分につかせる、というかたちで、わしの不出来な娘の名誉までも救ってくれた……」

アキレウスはうなだれた。シルヴィア皇女の行状が、かねてから、老皇帝の最大の心痛の種になっていることをいたいほど知っているハゾスは、気の毒さのあまり、皇帝を正視できぬ思いであった。老帝自身は、この長い人生をあくまでも剛毅廉直を貫き通してきた好漢であったし、生涯、政略結婚で迎えたマライア皇后をではなかったが、自ら選んだ愛妾である、オクタヴィア皇女の母、ユリア・ユーフェミア姫を愛し通して、ついにそののちめとらぬままに老境を迎えた誠実、篤実の士でもあった。その老皇帝から、なぜにシルヴィア皇女のような、しょうもない、手のつけようもない淫婦が生まれてきたか、というのは、ケイロニア宮廷の重臣たちにとっては、なかなかに気の毒でいたたまれぬような事実であったのだ。

「今度とて、やつは、わしの命令により、パロを救うために忠実に難儀な戦場へおもむいたのだ。そして、いのちをかけてパロという歴史ある大国を救った——そのむくいがだが、妻の不貞などという——目もあてられぬものであったとしたら……国表に戻りさえすれば、ただちに自らは情けない妻を寝取られた男として笑い者になる立場にあり、そしてその妻が——あの誠実実直な男にしてみれば、わしの、あいつの剣の主であるわしの娘であるがゆえに、妻を責めることも、さいなむことも、怒りをあらわすことさえかなわぬとなったら——わしがあいつだったとしても……国へは戻りたくないと——そう思うかもしれぬよ。いや、どうして思わぬわけがあろう。——思うに決まっている。わしには、そう思われてならぬのだよ……ハゾス」

「なんと……」

何と言っていいかわからぬいたましさのままに、ハゾスはげんなりと云った。

「陛下には、そ——そのようなことをお考えになっておられましたか……」

「ああ、考えるさ。というより、わしはずっと知恵をしぼって考えていた——なぜ、グインが戻ってこぬのか、それより、わしに報告をよこしもせぬのかをな。戻ってこぬのはいろいろ事情があるにせよ、あやつが中原にいるかぎりは、あやつはわしに対して、事情の報告のひとつくらいはよこそうと思うだろうに。だがそれもない——そして、ノスフェラス——という最初の報告はともかく、その後のあの山火事の件では、わしは、きゃつがわしの思っていたよりずっと近くにいたのだと知って嬉しかった。少なくとも同じ中原の空の下にやつがいる——そう思うだけで、わしは嬉しかったよ。だが、その後、何の音沙汰もないままに——しだいにわしは疑惑にかられていったのだ。なんで、やつは、わしに連絡ひとつよこすまいとしているのか、とな。だがそれが——今日のヴァレリウス宰相の報告で、ようやくわかったような気がしたのだ」

「陛下、いや、しかし、それはまだ立証されたわけではございませんし、それに、必ずしも、グイン陛下がその——あの——シルヴィア王妃陛下の……その……」

「ずばりといってくれてかまわぬぞ、ハゾス。わしらの間柄で口を濁してなんとする」

「は、はあ……では、その不行跡……をお耳に入れられたとも限らぬではございませぬか……」

「だとしたら、なぜ、サイロンに戻ってきてくれぬのか、わしには理解できぬ」

悲しそうにアキレウスは云った。

「やはり、やつは、シルヴィアのことを聞いてしまったのだ。そして、戻ればきわめて不名誉な、そして不愉快な事態に直面せねばならぬと思っているのだ。だが、わしに連絡をとるとすれば、そのことも告げねばならぬ。だとしたら、わしがシルヴィアを処分しなくてはならなくなる、きゃつはおそらく、それを恐れてくれてもいるし——また、わしに不愉快な思いをさせまいとも思ってくれているのだろう。——やつはそういうやつだ。そして、シルヴィアをも何故か誠実に愛してくれている、あんな不出来な我儘などうにもならぬ娘だというのにな。それゆえ、やつは、とにかくシルヴィアの件がなんとかなるまでは、サイロンに戻ってこぬことにして——それとなく距離をとって、それでおのれをも、わしをも——シルヴィアをも守ってくれているのではないか、という気が、わしにはしてならぬのだよ。ハゾス」

「そ、それはしかし——それはしかし……」

考えすぎだ、とはハゾスには断言できなかった。

云われて見れば、そのアキレウスの考えには、妙に筋の通ったところもあるように思われたし、少なくとも、それは、「グインらしい」という点においては、ずっと、いまのこの一連の行動を解釈しやすい。

（だが——もしそうだとしたら、シルヴィア王妃の不貞が解決せぬかぎり、グイン陛下はサイロンに戻ってこられぬ、ということか？　そ――そりゃ、あんまりだ……）

だが、そのために、わが娘であるシルヴィア皇女を処断しろ、とは、老皇帝にいうのはあまりにもハゾスはしのびない。老帝が誰よりも一番、シルヴィアの不行跡に胸をいため、そしてグインよりももっとひそかに憤っていることは、ハゾスが一番よく知っているのだ。

（これ以上――ケイロニア皇帝家の名誉を守れだの、グイン陛下の体面だの、ということを云われたら――陛下は、シルヴィア皇女を――処刑されるか……せめて、終生……軟禁状態におかれるかしか、なくなってしまう……それは、あまりにもむごい――シルヴィア皇女に対してではない。陛下に対してむごい……）

いまひとりの皇女オクタヴィアについては、その行状にも性格にも生活態度にも何ひとつ問題はないが、皮肉にも、こちらは逆にその夫とのあいだに破鏡の嘆をかこつことになった。それもまた、アキレウスにとっては心痛の種だろう。

そして、目のなかにいれても痛くない最愛の初孫、マリニア姫は、あれほど可愛らしく聡明な幼女でありながら、生まれついて耳がきこえないゆえに口がきけぬ、という不幸を背負っている。

（どうして――何かとなぜこう、不幸なおかただろう。……これほど偉大なかたでありながら、家庭的にどうしてこう恵まれぬのだろうな……）

ハゾスの同情は、むしろ、ひたすら、心痛するアキレウス大帝自身の上にあった。

2

だが、少なくとも、グイン探索の遠征隊の帰国は、いったんの事態の終結はもたらした。遠征に同行していたヴァレリウス宰相は、ことこまかな報告書の作成と提出をおえると、「国元も心配でありますので——」と、早々にサイロンを出発して帰国の途についた。ヴァレリウスの不在中に、ワルスタット侯ディモスとともにサイロンへ訪れ、グイン王失踪についての調査に協力していた、パロの宰相代理、ヨナ・ハンゼ博士も一緒であった。

ヴァレリウスとヨナとは、ともかく国元が非常にこころもとなく、心配であったらしく、早々に、挨拶まわりもそこそこにパロを目指して出発していった。もっともどちらも——ヴァレリウスは正真正銘の上級魔道師であるし、ヨナも魔道師ではないにせよ魔道学をおさめた、魔道には造詣の深い学者であるから、帰国は通常の旅人たちよりも相当な速度ではたされるであろうことが予想された。

マリウスは失踪したままであったが、誰もあまりその行方については深く探索しようとしなかった。おそらくはグインと一緒にいるのではないか、という報告はいっとき、宮廷をいろめきたたせたが、しかし、もとサイドン伯マリウス——という存在そのものが、サイロン宮廷にとっては非常に謎めいてもいたし、また上のほうのものたちは、極力マリウスについては話の焦点をぼやかそう、ぼやかそうとしていたので、しもじものほうは、結局ササイドン伯とは何もので、どうなっているのか、あまり詳しいことは知らぬままであった。

一見するとまた静かな日々が、黒曜宮に訪れた。アキレウス帝は、トールやゼノンの、またふたたびグイン探索の遠征に今度は中原中央部から南部にかけて向かってみたい、という懇願をあっさりとしりぞけた。もう、黒竜将軍と金犬将軍とにそろいもそろって首都をあけられるわけにはゆかぬ、というのが、おもてむきの立派な理由であった。それにさいしては、折しも隣国ゴーラであれこれの動きがはじまりつつあることが、有力な根拠となった。

ゴーラでは、血にうえた王イシュトヴァーンが帰国の途につきつつあり、そして、それにともなって、モンゴールの内乱がまたいろいろな動きをみせていた。モンゴール内乱は、いよいよ最終的な段階に入ってきたのではないか、と外見からは思われた。イシュトヴァーン王の遠征によって、トーラス以北での反乱軍の首領であったハラス大尉と名乗る若者がとらえられ、それによっていったんトーラスでの反乱は下火になったと思われたが、こんどは、南部のオーダインやカダイン、また、国境地帯などであやしげな動きがはじまった、という報告が、サイロンにまで、トーラスに忍び込ませてある密偵からハゾスのもとへ伝えられてきた。ことに、今回は蜂起というよりも、国全体が、モンゴールの復活を目指して波打ちはじめている、というようなぶきみな印象をあたえた。もっとも、他国内政不干渉主義をつらぬくケイロニアにとっては、たとえモンゴール反乱軍が後押しや援軍を依頼してこようと、むろんゴーラ軍が支援を依頼してこようとも、決して動くべからざるところであったから、モンゴールが復活しようと、ゴーラがモンゴールを潰滅させようと、基本的には「関係はない」ところだったのであるが。

しかしそれとは別に、ゴーラ——ひいてはモンゴールの動静そのものは、隣国の動きということで、ケイロニアにとっては非常に重要であったし、それをいえば、クムも、そしてパロも同じであった。そのあたりに何か起これば、今回のパロ内乱のように、国境を接するケイロニアも影響を受けぬわけにはゆかぬ。

だが、それはそれとして、当面は黒曜宮はひっそりとなった。トールもゼノンも失意の胸をかかえたまま、またそれぞれの日常の任務に戻った。グイン直属の《竜の歯部隊》だけが、依然として「ルアーの忍耐」というグインよりの直接の命令がとかれることもないまま、ずっとパロの都クリスタルでグインの帰還を待ち続けていた。そして、ワルスタット侯ディモスも、いったんワルスタット騎士団の二個大隊をリンダ女王の要請に従って貸し出して駐屯させてはいたが、すべての大隊を引き上げ、ケイロニアの軍勢は基本的には《竜の歯部隊》を残してすっかりパロから手をひいて、サイロンへと引き上げてきていた。

サイロンはすでに深まりゆく秋を迎えていた。ゆたかな実りがサイロン郊外の田園地帯を黄金色に輝かせ、果樹園では果樹の収穫もはじまっていた。サイロンはとてもよい季節を迎えようとしていた——それは、パロも同じであったが。

そして、木々が美しく色づきはじめた、最良の季節を迎えて、あちこちで、人々は動きだし、あらたな運命のなかに入ろうとしていたのであった。


「宰相閣下！」

小姓の叫び声をきくまでもなく、カメロンには、もう、あけはなしたバルコニーから、遠い東大門あたりに到着したおびただしい人馬のざわめきや、馬のいななき、装具のふれあう音、ひづめの音、たからかな轍の音、などが風にのってかすかに聞こえていたのだった。イシュトヴァーン軍の帰還であった。

（今度は……むしろ、思ったよりは早かったというべきかな……）

イシュトヴァーンの帰還は、かつてはカメロンにはただひたすら、純粋な喜びであったが、いまのカメロンにとっては、何か少し複雑なかげりをもともなっていた。ひとつには、例の、「もうひとりの王子」の問題も、ずっとカメロンの心のなかにわだかまり、影を落としていたからである。

「わかっている。陛下のお戻りだな」

「は。ただちに、お迎えのご用意を。もう、陛下のご一行は東大門を通られました」

「わかった。お迎えは、主宮殿の前の階段でおこなう。すぐに、係の者たちにも集合を」

「もう、一同の準備はととのい、閣下のお出ましをお待ち申し上げております」

「わかった。いま、マントと礼剣だけつけて、すぐゆく」

また、仰々しい式次第か——と、いくぶん鼻白みながら、カメロンは思った。だが、イシュトヴァーンと再会するのは楽しみでないわけではなかった。

(本当に、イシュトが変わったのかどうか……)

見届けてやる。

その思いはむしろ、これまで以上に強い。もし本当に、あの手紙のように、イシュトヴァーンが昔のような明るさと力と素直さと、生命力とをとりもどしたのであったとしたら、それはカメロンにとっては、願ってもない、というより、ひたすらそれだけを一心に願っていた出来事である。起死回生、といってもいい。

それゆえ、日頃は面倒に思われる、やたら格式ばった礼装に身をつつむのも、長い白い礼装のマントをかけ、式典用の細長い、飾り剣をつるすのも、さほど気にならなかった。宰相の執務室を出て、宰相用の官邸の前にさしまわされていた白塗りの二頭立ての馬車に乗り、主宮殿へと急がせる。どちらにせよ、五千の大軍を率いての帰還だ。そう簡単に、整列ひとつでもすますわけにはゆかぬ。カメロンが遅れをとるおそれはまずなかった。

「カメロン！」

だが、カメロンが、白亜の大階段の上に敷かれた、国王の帰還を迎えるための赤い絨毯の上に、姿をあらわしたとたんに、イシュトヴァーンの大音声が響き渡って、カメロンを驚かせた。

イシュトヴァーンは、大階段の真下につけられた、かなり大きめの馬車から、近習にすがるようにして姿をあらわした。上からではまだはっきりと顔のすみずみまでは見えなかったが、その姿をひと目見たとたんに、はっとカメロンは胸をつかれるような心持にうたれた。

（変わった……何かが……）

馬車から出てきた、ほとんどその瞬間だけでも、《何か》がはっきりと違っていることが、ずっと命をかけてイシュトヴァーンを愛してきたカメロンだけには、まざまざと感じ取れた。立ち上るオーラが違う、としか、それは言いようがなかったかもしれない。

（まだ——かなり、無理だったのだな、この長旅は……それは、もう当然だ……）

本当なら、もっと、この倍、いや数倍くらいはかかるだろう、とカメロンも、ほかのものたちも予測していたのだ。かの強情我慢のイシュトヴァーンが騎乗してではなく、馬車で帰国する、というだけでも、相当に、思った以上に傷が深かったことが察せられたし、それに、馬車にゆられての旅とても怪我人には相当に厳しいはずだ。

途中でところどころ、たっぷりと静養期間をとって体調をととのえなくては、とうてい無理だろうから、帰国はどんなに早くとも半月は先になるだろう、と考えていたのだ。ところが、イシュトヴァーンは、じっさいには、それこそ、夜を日についで早馬を走らせた、とまではゆかないが、健康な軍隊が馬を使ってとまったくかわらぬ、ほぼ十日たらずの旅程で、強引にトーラスからイシュタールへの中原横断をなしとげたのだった。

それをするがために、かなり強引な行軍をし、相当な無理をしたのであることは、馬車から降りたイシュトヴァーンの様子をみたとたんにわかった。イシュトヴァーンは、手紙や先触れの使者たちの伝令の口上では「元気だ」「もう傷はすっかりいい」というようなことしかいってきていなかったが、実際にあらわれてきたとき、かれは、自分の足だけでは歩けないような状態で、右手にかなり大きな松葉杖をつき、左手を介添えの近習の肩にかけてでなくては、歩けなかったのだ。服装も、軍装ではなかった。ゆったりとした、明らかに傷をしめつけぬためのあたたかい衣類に、上からすっぽりと黒いたっぷりした皮マントで身をつつみ、長い黒髪はうしろにまとめて束ねられていた。馬車の前にマルコが立って心配そうに見守っている。

(だいぶ——痩せたな……だが、確かに、気力のほうは充実しきっているようだが……)

はらはらしながら見ているカメロンの前で、イシュトヴァーンは赤い絨毯の上にあがり、近習の手をかりながら、早く大階段を上がりきろうと気がはやるふうだった。我慢できなくなって、カメロンは階段を走り降りた。

「イシュトヴァーン陛下、ご帰国、お待ち申し上げておりました。お帰りなさいませ」

「カメロン」

イシュトヴァーンは、まだ、ようやく、大階段の前の長い広い平らな広場を突っ切ったくらいのところであった。足をとめ、カメロンを見て目もとをほころばせたイシュトヴァーンの顔は、カメロンが予想していたよりずっと青ざめて、そしてやつれていた。

(顔が——また、半分くらいになっちまったぞ……)

おそらく、この旅は、イシュトヴァーンにとっては、相当に無理に無理をかさねたものであったのに違いない。だが、意気だけはいやというほど軒昂であった。

黒い瞳が、きらきらと輝き、やつれて痩せた顔のなかで、その目だけが別の生物ででもあるかのように生き生きしていた。頰の傷はほとんど癒えていた——まだ、傷は治っても少し残っているひっつりが、ピンク色の筋となって、ちょっと彼の整った容貌をそこなっていたが、奇妙なことに、カメロンの目には、イシュトヴァーンは、ふいに、この何年か間近で見てきたよりもずっと若く、むしろ幼くなったかのように見えた。それはたぶん、その目の輝きのせいだったのだろう。

「陛下、お傷の御加減は……」

「ちょっと、痛えんだ」

イシュトヴァーンは素直に云った。

階段の両側には、イシュトヴァーンがさだめたヤヌス神騎士団のおもだったものたちがずらりと整列している。それへ、イシュトヴァーンはちらと目をやった。

「すまねえが、カメロン。かなり、ここまでで無理しちまってんだ。今日んとこは、つまんねえ儀式は一切やめといてもらえねえかな。とうてい、我慢できそうもねえや。——なんだかまた、傷口が開いてはらわたが出てきちまいそうだ」

「それは大変」

カメロンは急いで伝令をよび、「本日は陛下ご不例につき、ご帰国お祝いの儀は繰り延べ。解散」という命令を各隊に持ってゆかせた。

「もっと早めに、そのお知らせをいただければ、もっと静かにお迎えできましたたし、もっとすぐにお寝間のほうに移動していただけましたのに。また、馬車にお戻りになっては。このまま、歩いて居間までお戻りになるのはかなり距離がありましょう」

「それもそうだな」

イシュトヴァーンが妙に素直である——と、ずっとカメロンは感じていた。こんなに素直なイシュトヴァーンはこれまで見たことがなかった、というような気がする。

「気持がすごく焦ってたからな、少し、ことにさいごの数日は、無理しちまったかもしれねえな。馬車んなかで寝てるのってけっこうこたえるな」

「寝て……とは昼間に」

「いや、寝てるあいだも行軍させたんだ。夜もな」

「そ、それはあまりに無茶というものですよ。——さ、ではともかく、お居間に、いや、寝室にゆかれて、横になられて——ただちに宮廷医師の診察も……」

「そんなに大袈裟にするなよ。そこまでひでえわけじゃねえんだ。ただ、傷がまだ治りきってねえのに、がたごと何日も馬車にゆられたからさ……ちょっと、はらわたに響いちまってるだけだよ。大丈夫だって。俺は若くて頑健なんだから」

「それはそうでありましょうが、内臓は怖いですぞ。あまり軽く見られないほうが」

「軽くなんか見てねえさ。ろくろく医者もいねえタルフォで、あやうく死にかけたんだからな」

イシュトヴァーンは笑った。白い歯が浅黒い肌に映えた。

「それにかなり――食い物とかも、ひでえもんだったからな。ろくろくなんかまともな食い物を用意させる時間も惜しかったから、ぶっとばしてさ――途中で、健康なやつらと同じ食い物を、干し肉だのを、なるべくよく嚙んでゆっくり飲み下して食うようにしてたんだが、途中で――これは心配するから奴等にゃ云わなかったけど、熱が出てきちまってな」

「陛下」

呆れてカメロンは叫び声をあげた。

「それはあまりに無茶というもので」

「いいじゃねえかよ、とにかく生きてイシュタールについたんだ。ああ、イシュタールについた――もう、大丈夫だ。すげえな、イシュタールだ」

いま、はじめて自分がどこにいるか気付いたかのように、イシュトヴァーンはまわりを見回した。

イシュタールはどこもかしこも、使えるかぎり白亜と白大理石を使って作られている。そして様式も統一されている。イシュトヴァーン・パレスと呼ばれている主宮殿の屋根の向こうには、重なり合った建物のシルエットが美しく見える。

どこもかしこも新しいので、そこは輝くように美しく、そしてまだまだ水くさいほどに新しい都であった。イシュトヴァーンは深々とその空気を吸い込むようなしぐさをした。

「帰ってきたんだな……」

　イシュトヴァーンはつぶやいた。

「イシュタールだ。——ああ、もう、二度と帰れねえかと思った、今度ばかりはな。ああ、よかった——どうだ、俺の運も、捨てたもんじゃねえな」

「陛下——？」

　何かがおかしい、とふとカメロンは思った。だが、ここで、皆の前では口にするわけにもゆかなかった。

（この急ぎようは……いくらイシュトにしたところで無茶すぎる——何かあったか……）

「ともかく、なんか飲むものをくれ。あんまり冷たくも熱くもねえやつをな。それに、滋養分のあるスープかなんかねえか。——とにかく体力を回復せにゃあ」

「かしこまりました。——おい、陛下を、お居間にお連れせよ。そして、お飲物と召し上がり物だ。——ご帰国お祝いの儀は明日とする。とりあえず、陛下をお休ませしろ。それが先だ。陛下はたいそうお疲れでいられる」

　カメロンは叫んだ。そして、自ら、馬車をまわそうと走り降りた。にわかに不安が胸のなかにかたくしこってくるようだった。

「なに、大したこたあなかったんだけどな」

イシュトヴァーンはだが、いったん寝室に落ち着いて、宮廷医師に包帯をかえてもらい、鎮痛剤入りの塗り薬を塗ってもらい、あたたかな飲み物とスープを口にすると、もうそれだけで、すっかりよくなったかのような口ぶりだった。

「ちょっと、やばいことがあってな。それで——かなり、とにかくこれはやばいから、急いでイシュタールに戻らなくちゃと思ったんだよ。——ま、なんとかなってよかった。まあいまこうやって無事に俺がここに長くなってる以上、やつらのたくらみは失敗した、ってことなんだからな」

「たくらみ……」

「俺が、傷ついた、ってのが知れたらどうせそうなるだろうと思ってたんだが」

イシュトヴァーンは苦々しげにいった。

「俺は憎まれてるからな。——ていうか、きゃつらの第一の目的は俺への仇討ちだからな。例のアムネリス大公の仇、ってやつだ。だから極力隠させておいたんだが——だが、どうしても、どっかからは知れちまうわな。トーラスじゃ、まあそれでもゴーラ軍の人数が多いし、金蠍宮のなかじゃ、それなりにあっちも攻めかかってまでくるほどのあれはねえから、まだよかったんだが——帰国しなくちゃとなったときから、だいたい予想はついてたんだがな」

「襲撃ですか」

「というか——俺を暗殺しようっていう陰謀がな。——とにかく、何でもいいから俺をぶち殺しちまえばモンゴールが復活できるだろうってのが——きゃつらの考えだったんだろう。いったい何組の暗殺計画が動いてたんだか、わからねえくらいだったが」

「危険な……」

「危険なんてもんじゃなかったぜ、カメロン」

イシュトヴァーンは、枕に頭をのせて、まだ青ざめたまま、にっと不敵に笑った。

「とにかく、トーラス圏内を抜けるまでがまずひと勝負だ。金蠍宮を出て、トーラス郊外に出るか出ないうちに、最初の矢がふってきやがって、もう、そのへんの郊外の町並みのなかで市街戦だ。まあもちろん、そういったところであっちはただの残党だから数はそういねえ。うちの勇士どもにかなうわけもねえのは確かなんだが、やつらも俺を守らなくちゃならねえってのがあるし、俺は俺で、いつもなら真っ先かけて飛び出してるんだが、トーラスを出たときにゃ、まだ——いまよりもうちょっと具合が悪かったんでな。まだ、傷のいたみで動くとうんうんいってるような状態だったからな」

「無茶なことを……」

「それで、モンゴールを抜けるまでにいったいどんくらい、襲撃があったかかな。ガイルンあたりで一番でけえのをくらって、それはまあ、あらかじめそうだろうと思ってたからガイルンに少し警備隊を送り込んであったんでな。そいつらに伝令をとばして、そっちに助けにきてもらったから無事だったが——そのあとは、モンゴール国境を出てからもいってみりゃあ無法地帯でな。こっちも力づくで撃破するのもなかなかな状態だし——みんなくたびれてたな。それで、けっこう大勢こっちもやられたし——あっちはあとからあとから、なんかうんかみたいに増えてくる気がするし——何回かはさすがのこの俺ももう駄目かなと思ったりしたよ。だが、とりあえず一番やばかったのはガイルンからアルバタナへ抜けるユラ山地の峠ごえだったな。馬も少しづつしかゆかせられねえし、俺は馬車だし」

「なんという危ないマネをなさるんです。いまは無事だったからいいようなものの、もし取り返しのつかぬことにでもなりでもしていたら……」

「怒るなよ、カメロン」

イシュトヴァーンは云った。その口調のなかには、かつてカメロンが充分すぎるほどによく知っていた、甘えるような響きがあったので、カメロンはなんとなくはっとしてイシュトヴァーンを見た。

（こいつは……本当に……？）

「まあ、いいじゃねえか。俺にはいつだって悪運の神様がついてんだ。なんとか無事に乗り切ったから、いいだろう。一回だけ、俺も戦っちまったな。そのおかげで、ちょっと——そのあと熱があがって大変だったんだが」

「なんという無茶を」

「だから、しょうがなかったんだ。一刻も早く帰国しなくちゃいけなかったからな」

「何故です？」

カメロンは眉をしかめた。

「なんで、そんなに帰国を急がれたんです。私は、せめてもうちょっとトーラスで体を治されて、それからと思っておりましたが」

「それが、そうもゆかなかったんだ」

イシュトヴァーンは複雑なかげりのある微笑をうかべた。

「トーラスでも……イシュトヴァーン王暗殺計画があとをたたなくてな」

「………」

「トーラスで頼んだ医者が、塗り薬に毒をまぜやがってさ。それは俺が、なんかおどおどしてるから、ちょっと待て、といって確かめたら吐いたから、しめあげて処刑しちまったが——まあ、それは反乱軍の手先だったんだがな。おまけに、食い物がしょっちゅう——」

イシュトヴァーンは思い切り顔をゆがめてみせた。

「しょっちゅう食い物に毒が仕込まれてやがって。側近の小姓が三人ばかり毒味でくたばっちまったよ。ほかにもずいぶん、毒でやられた。俺だけじゃなく、とにかくゴーラ軍とみると毒を仕込もうってやつが大勢いやがって。あんなとこじゃ、安心してものひとつ食えやしねえ。だからもうこりゃ、かなわねえと思って引き払ったんだ」

「それほどに……」

「あのままじゃいずれやられると思ったのさ。奴等の敵意を少し、甘く見てたよ、俺は」

イシュトヴァーンはちょっとおもてをかげらせた。

「なかなかこじらしちまったのは俺が悪いかもしれねえが——とにかく、ちょっと厄介なことになったと思ってな、いまのトーラスは。それでとにかく、ま、命からがら逃げ帰ってきた、ってわけさ。やっとこれで安心して寝られるし飯が食える。体を治せるのはこれからってことだな、カメロン」

3

「ウーム……」

カメロンは唸った。最前からずっと彼は唸りっぱなしであった。トーラスが反イシュトヴァーン派の拠点であることくらい、最初からわかりきっていたが、それにしても、イシュトヴァーンがドリアン王子をモンゴール大公にすえると発表したからには、もう少しはその反感や憎悪は下火になるのではないかと期待していたのだ。だが、話をきくほどに、モンゴール国内でのイシュトヴァーンの憎まれようは、容易ならぬものがあるらしい。

「まあ、命冥加にここまでたどりついちまえば、こっちのものさ。これも俺の運のうちだ。そうだろう。ここにいりゃ、もう大丈夫だし——あとものの十日もありゃあ、俺はもとの体を取り戻せる。そしたらもう、何も怖いものはねえさ。そうだろう、カメロン」

「さようで——ありますな……というか、さようであれば、よろしいのですが……」

「おい、おい、カメロン、もう二人きりなんだ。そんなしかつめらしい言い方をするの、よせよ」

イシュトヴァーンはまた甘えるように云った。

「やっとあんたのイシュトがイシュタールに戻ってきたんだ。イシュト、よく帰ってきたな、っていって抱きしめてくれよ。もっとも、そっとにしてくれないとまだ傷にひびくけどな。——会いたかったよ。っていうか、あんたがいねえと、俺はいろいろと心細かったり不便だったりするなあって今回は思ったよ。もう、無茶はしねえよ——っていうか、もう、当分、俺はモンゴールへは、よほど軍をそろえて、兵に守られてでなけりゃあ、足は踏み入れられねえなってあらためて思ったね。とにかく、いかに勇猛だろうと戦うのは自信があろうと、食い物に毒を入れられたりしたら、こっちには防ぎようがねえし——遠征が長期間になればなるほど、現地で食い物を調達するっきゃなくなってくるわけだからな。全部安全なものをアルセイスから運んだりしたらとてつもない金になっちまうし、それだって、途中で馬車ごとすりかえられでもしたらわかりゃしねえ。今度ばかりは俺も肝を冷やしたぜ。参った参った」

「そんなに、酷かったのか。珍しいな、お前が、そんなになってるのは」

ためらいがちに、言葉を崩して、カメロンは云った。イシュトヴァーンはずるそうに上目使いでカメロンを見た。

「ちょっと、さすがに懲りたね。今度から、ああいうことがあったらあんたにいってもらうか、もうちょっと考えて——けど、今回はウー・リーをおいてきちまったから、ちょっと心配してるよ。奴は、俺の次に嫌われてたからな。だが、誰かしか——しかしかるべき奴を置いてこねえわけにはゆかねえだろ、モンゴール総監としてだな。といっていまのゴーラは若え者ばっかりしかいねえし——もちろん、あんたは、『俺が行く』なんて云っちゃいけねえよ。あんたがいなくなったら、こんどはイシュタールが立ちゆかなくなるからな」

「おい、おい、イシュト。——いまさら、俺に、世辞など云うことはないんだぞ」

「お世辞なんか云ってるわけじゃねえさ。今回の遠征で、なんか、てめえに欠けてるもんがすっごく、よくわかったなあと思ってさ」

イシュトヴァーンはにやりと笑った。その不敵な微笑は確かに、カメロンのよく知っていたかつての彼のそれに思えた。

「それは、なんというのかなあ、『知能』ってやつさ。俺はこれまで、あんまりなんていうんだ？　イノシシ《イボー》みたいに突き進んで、ただ戦って叩きつぶすことしかわからなかった。これは、あんたにぜひ教えてもらいてえと思って戻ってくる途中ずっと考えてたんだがな。——なあ、ドリアンをモンゴール大公にして、その後見人として、マルスのやつを牢から出して——こっちの手下《てか》につける、ってことは、あんたなら、出来るか？」

「イシュト！」

驚愕して、カメロンはイシュトヴァーンをのぞきこんだ。

「お——お前、ずいぶん——本当に変わったんだな。……前はそんな、かりそめにも敵の大将だった奴を、こちらに抱き込めないかなんてこと、夢にも思いつくこたあ……」

「ああ、だけどな、これだけこっちがなんていうんだ？　人的資源が薄いんだ。そいつもこれから急激に養成しようったってどうにもなるもんじゃねえだろ。ウー・リーにだって、急に大人になれだの、大将軍にふさわしい行儀作法を身につけろだの云えねえよ。しかも、いまうちでなんとか格好がつきそうなのはいいとこ、ウー・リーとヤン・インくらいなもんだろ。マルコはちょっと違うし——マルコも俺としちゃ、俺から離れてもらっちゃ困るしな。ユー・ロンとサイ・アンがこのトーラス脱出でやられちまったのは、俺にとっちゃ痛手だったよ。だが奴等だってまだ二十二、三かそこらだからな。——とにかく、人材なんてやつは、どうやって育てたらいいのだか、俺にはわからねえ。だがそれをしねえと——ゴーラはこのままじゃ、危ねえだろう」

「………」

カメロンは目を瞠ってイシュトヴァーンを見つめていた。思いもよらぬことを口にするようになった、と思う。むしろ、そのような自己反省めいたことばこそ、これまでのイシュトヴァーンがもっともらしそうもなかったことだ。つねにイシュトヴァーンは、前方だけを見つめている、といえばきこえはいいが、その分、ひたすら、耳に痛いようなことは一切耳に入れようともせずに、突っ走っておのれの力だけですべてをはねのけ、勝ち得続けようと焦っていたのだ。

（よほど——今度のこの……脱出が、いや、それの原因となった……この負傷が、こたえたのかな……）

「なんか、グインを見ててさ——久々にグインのやつとずっとしばらく一緒にいたから、考えちまってさ」

イシュトヴァーンはだが、カメロンの感慨も知らぬげに笑った。

「ああ、なんか——やっと俺じゃあ、たとえ武勇が同じくらいまでいったとしたって、なんというんだろう、人間の格ってやつが違うんだなあ、ってつくづく感じちまったのさ。なんていうんだろう。べつだん、あれをしたの、これをしたの、こう云ったの、こうしないの、ってことじゃねえんだ。なんていうんだろうな。何をしてても、立っててても座ってても——奴には、帝王の器ってのか？　そういうもんがある。そいつが、なんというかな、まわりのやつらを無条件に従わせちまうんだな。なあ、カメロン、俺も、真面目に——真剣にこのゴーラを立派な強い俺の愛する国にしようと思って……いろいろ勉強したり、努力したりしたら、ちっとはああいうふうに——グインみたいに、貫禄のある……王様らしい王様になれるかな」

「イシュト」

またカメロンは仰天して口走った。

「イシュト、お前が、そんなことを」

「なんだよ、俺がそんなこといったら、そんなにおかしいのかよ」

イシュトヴァーンはちょっと皮肉そうにカメロンを見た。

「へえ、驚いたね。だって、俺に、いい王になれ、皆に本当に王として崇拝されるゴーラ王になれ、ってずっと口をすっぱくして云ってたのは、あんたじゃなかったのかい、カメロン。ああするな、こうするな、こうしろああしろ、もっと教養を身につけろ、け——け——けいきょもうどうするな、落ち着いてろ、先頭きって飛び出すな、それは大王のやることじゃねえってさ——あんた、俺に説教ばかりしてたじゃねえか、いっときさ。俺はまったく右から左だったがな」

「イシュト——」

「なあ、カメロン。俺はイシュタールがだんだん近くなってくる途中で気が付いたんだよな。ずっとあれこれ、半分熱に浮かされて思っててさ。——そうか、カメロンだって……俺はグインのことばかし考えてたが、考えてみたらカメロンだって、あんたの自分の騎士団じゃあ神様だし、どこへいったって、ヴァラキアのカメロン提督としても、ゴーラの宰相としても、すごく尊敬されてる人なんだってな。いや、そりゃ——ウーだってヤンだって、俺のことは、崇拝してくれてるよ。だけど、そりゃ、あいつらも餓鬼だし、俺も餓鬼だし——なんか、昔の海賊船仲間みたいなノリでだからな。——いつまでもそのまんまじゃあ、こ——こ——国際社会の仲間入りってやつは出来ねえよな！」

「国際社会の仲間入り……」

カメロンは目を白黒させた。イシュトヴァーンは愉快そうにそのカメロンを見た。

「ああ、そうだよ。俺ぁなんとかして、ゴーラを、中原のなかで、ちゃんと国家として、ケイロニアにも——パロにもクムにも認めて欲しいと思うようになったんだ。もしそうやってちゃんとまっとうにやってりゃ、いざというとき、そいつら隣国の力をあてにすることだって出来るんだろう。いまの俺はほんとに力づくで——力しかもってなくてさ。だから、その力がいったん弱まったとなると、アリみたいに毒を盛ったり、暗殺しようとするやからがむらがってくるんだと思ってな。——足元からまず固めてゆかねえと、俺もこのままじゃおぼつかねえなあと——まあ、そういうことをずっと思ってたってわけさ。なんとかして、これから、もうちょっとこの国を、国らしい格好のついたもんにして、俺も——もうちょっと、なんていうんだろう。山賊が王様ごっこしてるみたいなんじゃねえ、本物の王様になってみてえと思うようになったんだ。カメロン——あんた、それに、力、貸してくれるか」

「何をいってる」

カメロンは我にもあらずいささか感動しながら、だが用心深くその感動を押し殺そうとしながら云った。

「当たり前じゃないか。──それが俺の仕事なんだぞ。お前を──ゴーラ王としてであれ、個人イシュトヴァーンとしてであれ──お前を補佐し、助ける、っていうのが。俺はそのために、わざわざ海軍提督の座をすててここまできたんだ」

「だよな」

イシュトヴァーンは云った。そして手をさしのべた。

「じゃあ、本当に、俺に力を貸してくれよ。──アムネリスのことはなあ、確かに不幸なことだった。けど、まあ……変な話だがこれもちゃんとしとかなくちゃいけねえけど、あれは俺だけが悪いわけじゃねえよ。そうだろう、カメロン」

「そ、そりゃあ……誰かが悪いとか、そういう話ではないだろう、あれは」

「あれは、戦さだったんだからな。やらなけりゃやられる。それだけのこった。だがあいつは女だから、それにいろんな情だのうらみつらみがからむから──ああいう格好で、自害したりして、それでモンゴールの連中は俺を本当に悪魔のように云ったり、恨んでる。だが、俺は……どう考えても、アムネリスがあそこで自害しなけりゃあ、そのうち、アムネリスとだって和解する方法はあったはずだ、と思うんだ。ましてや、餓鬼だって生まれたんだから」

「イシュト――」

「だからさ。なんとかしてそのへんをうまく――少しでも、モンゴールの連中をか――か――」

「懐柔、か」

「そうその、懐柔できれば、俺だってこのあと、モンゴールを治めてゆくのがずいぶん楽になると思うしさ。――そのためには、モンゴールの連中の気の済むように、それなりのことはしてやってもいいと思うんだ。結局、いまとなっちゃ、モンゴールだってゴーラの一部で――ってことは俺の治めてる国の一部なんだってことだからな。そうだろう」

「ああ、そうだ」

そのことばにもカメロンはかなり驚いたが、それはまさにずっとカメロンがもっとも案じていた問題であったので、イシュトヴァーンがそのような気持になってくれることは、カメロンにとっては願ってもない渡りに船であった。カメロンはイシュトヴァーンの手をとり、深く何回もうなづいた。

「わかった。お前がそのように考えてくれるのだったら、俺も本気で人材も集めてみるし、人材を育てることにもっともっと力をいれてみるし、それにお前のためによさそうなことは何でもやってみるよ。モンゴールについては、俺も、強引に力でおさえつければつけるほど悪い結果を生むだろうと考えていた。だから、お前さえその気になってくれるのなら、地道な洗脳活動から、もっと大がかりな懐柔作戦まで、いろいろ計画を練ってみて、モンゴールを本当にゴーラの属国としておさまるようにあれこれ考えてみる。まあ最終的にはゴーラ王国内のモンゴール大公国として自治領のようにしてやるのが一番いいかもしれんが、それとてもお前が信頼できる人間が治めているなら、お前はそれでいいだろう」

「ああ、いいよ。俺はまあ正直いってモンゴールっていう土地そのものに特に何か未練やひっかかりがあるわけじゃねえ。あそこにゃ、俺はあんまりいい思い出がねえんだ」

イシュトヴァーンはちょっと顔をゆがめた。さまざまな思い出が一瞬にして去来するかに見えた。

「まあその――マルスは、てめえの親父を裏切った仇だのどうのって、そういう憎しみもあるから、なかなか俺のいうことはききたがらねえかもしれねえが――だが、あの時に戻っていろいろ思い出してみりゃあ、あの――マルス伯爵軍を皆殺しにする作戦をたてたのは、他ならぬグインだったんだぜ。あのときといまとじゃあ立場が違うっていうなら、そりゃ俺だってそのとおりだ。あのときは俺もグインもひとしくモンゴール軍に追われる身の上だった。それがいまになって、グインが味方づらをしてモンゴールの反乱軍を支援するからって、あっちは正しく、こっちは裏切り者でアムネリスの仇でモンゴールの最大の敵だといわれてもな、おおもとのその裏切りってやつは、やつらが信用してるそのグインが計画したものだったんだぜ。これは本当だ」

「………」

カメロンはひげをかんで考えこんだ。そしてこの事実が、何かの役にたつかどうか、懸命に頭をめぐらせた。

「だから、まあそのへんの話もできればさ——マルスだって、それに、殺されたり、ずっと牢で閉じこめられて生きてゆくよりゃ、そりゃ、祖国モンゴールを再建する立て役者にしてもらったほうがいいだろう。そういう、金づくだかなんだか、なんでもいいが、そういう計算は出来る男だろうと思うんだけどな。誰だって、殺されたかあねえんだし」

「そうだな……まあ、それについては、とにかく一度直接話をしてみて……俺が様子を判断してみるよ。まあ、モンゴールの人間は基本的にみな比較的素朴で純情だ。話のもちかけようで、それなりに気持をかえてくれるのじゃないか」

「マルスが抱き込めれば、あのハラスってやつ、それもいま俺がおさえてるが、あいつはマルスのいとこだ。まあ、ちょっと痛めつけちまったが、そりゃあ戦争のさなかのこったからしょうがねえだろう。——ただ、何だか知らねえが、また新しい変なのが出てきやがってな……」

「ほう」

イシュトヴァーンが口にするのはおそらく《風の騎士》のことだろうとカメロンは予想がついたが、何も知らぬふりをしていた。

「それが、銀の仮面をつけて、顔を隠して《風の騎士》とかって名乗ってる、わけのわからん奴なんだが、どうやら、昔のモンゴールの勇士か、由緒ある貴族かのどれかの生き残りらしい。といったところでモンゴールもゴーラに劣らねえ新興国家で、知れてるんだけどな、由緒あるなんていったって。だが、とにかく、けっこう人望を集めて、そいつがなんかそれなりの人数になって――そいつらの手先の暗殺も一回かけられかけたんだな。――ガイルンの郊外で襲ってきたよ。だが、まあなんとか撃退はできたんだが。俺としちゃ、まあそういう新しく出てきた反乱軍の首領みたいなやつらどうしが、みんなひとつにあわさって、ハラスだの、そういうのをまつりあげて、さいごはマルスをまつりあげて、それで――俺を攻め滅ぼすためのうねりみたいなものがあんまり大きくならねえうちに、流れを変えておきてえんだ」

「それは実に正しい考えだと思うよ、イシュト。正直いって、お前がそう思ってくれるというのは俺には実にありがたいし、嬉しい。とてもぶちまけた話をしてよければ、もうこの上、モンゴールに対して強攻策に出ることは、本当をいっていまのゴーラの国力では不可能に近くなってきてしまったんだ」

「不可能」

イシュトヴァーンの目がきらりと光った。

「それはどういう意味でだよ」

「金だよ、イシュト。極力こういう話は、お前にしたくないとは思っていたんだが、俺も、お前が留守のあいだにいろいろ考えてみて――考えがかわった。お前はゴーラの国王なんだから、むしろ俺が変なふうにことばを飾って安心させたりすることはとても危険で、ゴーラの現実というものを、一番よく知って、把握していなくちゃいけないだろうと思うんだな。――今度の遠征については、俺はほとんど国庫に残っていた金のすべてをかきあつめるようにして遠征資金として渡した。どのくらいそれが残ってるかわからないが、もともとゴーラの税制は確立されていないままなあなあでここまできてる。まあなんとなく地方やアルセイスなんかについちゃ、これまでどおり、というような感じでなんとかやってるが――それは体制がまったく変わった以上本当はおかしいんだ。――それに、イシュタールだ。イシュタールを作るために、お前もいろいろ気を回してくれたからそれなりにイシュタールを建設する予算みたいなものは出せたが、それと今度の遠征の両方はさすがに旧ユラニアの遺産だけじゃまかないきれなかった。この次、お前がまたモンゴールに――でもどこへでもだが、遠征する、といいだしたら、俺は宰相として、情けないかぎりの話だが、こういって止めなくてはならないところになりかけていたんだ。『陛下、たいへん残念でございますが、いまのゴーラには、それだけの金がございません』とな」

「………」

それをきくと、イシュトヴァーンはちょっとくちびるをかんで考えこんだ。

それから、いくぶんためらいがちに聞いた。

「そんなに、いまの、ゴーラの状態はひでえのか?——何か新しいことをしたり、戦争をおっぱじめたり——カネのかかりそうなことをするのはとうてい無理なくらいにか?」

「まあ、そうだ。新しいガティの収穫があれば、農民たちから一応これまでどおり、というかたちで年貢のとりたてはできる。だが、それはまあ、通常の国家の経済の維持費にあてられるしかないからな。特別予算を組むためには、それなりの計画が必要だが、そのための準備は何もいまのゴーラには出来ていない。正直のところ、俺も経済のほうはあまり得手じゃないし、いろいろ、お前の留守のあいだに一生懸命やってはみたが、そもそもユラニアという国そのものが相当にくたびれはてていたので——国庫も底をつきかけているような状態だった。まあ、それは国庫の話で、旧ユラニアの支配階層はけっこう個人的にためこんでいたからな。一番ためこんでいたのはユラニア大公家の面々で、次に宰相だの、副宰相だの、といった文官たちだった。そいつらは全員処刑されてしまったから、そいつらの残した財産で、正直これまでのイシュタール建設だの、お前のモンゴール遠征は切り抜けられたんだ。ことにユラニア大公家——ことに長女のエイミア公女がためこんでいた金は、とてつもない金額だったからな。……だが、それもそろそろおしまいだ。使いはじめれば、いくらあっても金なんてものはあっという間に底をついちまう。まして、三万近い軍勢を長期間率いて、食わせて、馬ごと養って、近隣から食糧を買い上げて、兵隊に給料をやって、それだけの金を遠征軍に持たせるためには——まあ、それでこっちはすっからかんになったといってもいいくらいなんだ。まあ、なんとかするがね。幸いにして、イシュタールの貿易のほうはけっこう順調だ。これはお前がいろいろそういう方面を考えてイシュタールを設計してくれたおかげで、いまではゴーラの経済の中心はすみやかにイシュタールに移っている。だから、まあかなりいろいろと援助の見込める部分もあるんだがね」

「ふうん……」

これまでだったら、退屈して放り出し、途中でもうそんなつまらねえ話はやめろ、と怒り出しそうな、そのような話を、イシュトヴァーンは妙に熱心に、うなづきながら、じっと聞いていた。すべてが必ずしも理解できたようでもなかったが、理解しようとする気持は誰よりもあるのだぞ、と見ているものに思わせるような、熱意をこめた目つきは、これまでに一度もカメロンがイシュトヴァーンの上に——戦場以外では、見たことのないものだった。

(本当に——)

カメロンの胸のなかに、奇妙な、疼くようなものがあった。

(本当に、変わってくれたのだろうか……本当に、生きるか死ぬかの体験をして、そして命からがらモンゴールを落ち延びてきて、ぶじにトーラスをぬけ、イシュタールにたどりついて……生命の大切さや——これまでイシュトがわからぬままだったいろいろなことが、わかってくれたのだろうか。だったらもう、俺は何もいうことはない……)

(俺はずっと、イシュトにわかってほしいと——それだけを思ってきたのだ。それがわかれば、イシュト自身がずっと楽になるのだからと——それは、俺が、イシュトの敵ではない……とんでもない、それどころか、俺はイシュトに何もかもやるためにこそ、すべてをなげうってここまできたのだ、ということを……だが、最初はそれであんなに喜んでくれたのに、いつしかに、イシュトはいつもの癖で——手に入れたものはもうかえりみようともせず、持っていないものばかり欲しがる癖で、俺のことをまるで——イシュトにすべての悪いことを運んでくる悪魔の代理人のように思いはじめていたような——そんな気が俺はしてならなかった。……時にイシュトに憎まれているのではないか、という気持さえ俺はして——もうここにいる理由はないのだろうかとも思い続けていた

――ことに、こともあろうにアムネリスとの仲をイシュトが穿ったときには……）

（もしもお前がまた俺に心を開き、心を許してくれるのであれば――俺を信じ、俺を必要としてくれるのであれば――そうであるのだったら、俺は何があろうと決してお前から離れはしないだろう……何があろうと決して。――どこにももう、世界中のどこにも、俺の戻ってゆけるふるさとは、お前のかたわらにしかないのだから。イシュト――最愛のイシュトヴァーン――）

「これからは、俺も、経済なんてこともちゃんとやってかなきゃいけねえってこったな」

カメロンのそのような思いを知ってか知らずか、イシュトヴァーンの声は明るかった。そのおもては、かつてのヴァラキアの少年の輝きとあどけなさと若々しさとを、ずいぶんと取り戻してきたように見えた――その頬には、まだ、ひきつれたむざんな傷がすっかり癒えてはいなかったにせよだ。

「俺は――なんたって、俺がゴーラの王様なんだもんな。俺はこれまで、王様だ、ってこと、ちっともどういうことか、わかっちゃいなかったよ！　これから、俺は……それを勉強するんだ。なんてんだ？　帝王学、おお、それだ。その帝王学ってやつを、俺に教えてくれよ、カメロン。あんたなら出来るだろう。俺は、本当の王様になりてえんだ。誰かのためじゃなく――昔約束した女のために王様になるなんてんじゃなくさ。俺自身のために、本当に、強くて尊敬される、正しい王様になりてえんだ！」

4

イシュトヴァーンのそのような変貌ぶりに、カメロンが感動していた、その数日のちであった。

はるかにイシュタールを南に離れたクリスタルの都でも、ようやく長い旅路をおえて帰り着いた者たちが、いまかいまかとその帰国を待っていたものに再会の喜びをもって迎えられていた。

さすがに魔道師と、魔道学をおさめた道連れだけあって、ヴァレリウスとヨナの帰国はきわめて早かった。ヴァレリウスは、いったんサイロンを出ると、クリスタル——とクリスタル・パレスの様子に恐しく気がかりでならなかったので、帰心矢の如くにヨナをかりたて、《閉じた空間》を使いまくって帰国を急いだのである。さいわいに、ともにいるのは魔道師部隊であったし、ひとりもうかれらの足を引っ張る普通人は同道していなかったので、ヨナが少々魔道の力に欠けるのを皆が補佐してやって、ほとんど魔道師部隊だけが進軍しているのと同じ速度で、あっという間に、通常の人間たちの数倍の速さでサイロンからクリスタルへの長い道のりを踏破することが可能だったのだった。

ヴァレリウスが何よりも案じていたのは、自分が国もとをあけているあいだに、虎視眈々とパロをうかがっているいくつもの黒魔道勢力の手がふたたび、パロの上にのびてきていることであった。魔道師ギルドも度重なる内戦でかなりのいたでをも受けているし、何よりも重大なことに、後継者の養成、という魔道師ギルドの役割が著しく損なわれてしまっている。内戦で被害をうけたのは、直接戦場に出ることのない上級魔道師、導師クラスの偉い年輩の魔道師たちではなく、これから修業していずれもっと大立物になってゆく予備軍となるはずの一級魔道師、二級魔道師、そして下級魔道師、魔道師見習い、といった若者たちであったからである。だが、上級魔道師はもともと少ないので、ヴァレリウスが少しでも力のあるものをかきあつめて、ケイロニア王救出軍の遠征に連れていってしまったあとには、じっさい、パロの誇る魔道師軍団も、あまりたいしたことはできそうもなかった。

（俺のいないあいだに、もしも、〈闇の司祭〉だの……もっと恐しい——キタイの黒魔道勢力だのが、ふたたびパロに魔手をのばしてきたとしたら……）

リンダ女王以下、生き残りの若者たちばかりが懸命になんとか復興させようと頑張っているいまのパロでは、だが、どれほどお手柔らかな侵略でも、侵略の手さえむけられれば、もうなすすべはない。

（もっともそれは——俺一人がいれば防げる、と思うのも、あまりにもうぬぼれた話かもしれないが……）

だが、ヴァレリウスにもそれなりの自負はあった。また、一介の上級魔道師としてだけでなく、〈闇の司祭〉との苦しい戦いややりとりをくりかえし、また《ドールに追われる男》イェライシャの知遇を得、さらには伝説の大導師アグリッパとの面会までも果たして、それらの、通常ではなすべきようもない貴重きわまりない体験を経て、自分が、ただの自分のいまのランクではありえないような経験値と力をも蓄積するにいたったのだ、ということはヴァレリウスにははっきりと自覚されている。魔道師にとっては、ことにすぐれた、感覚のよく磨かれた魔道師にとっては、自分よりもはるかに上の力をもつ大魔道師とは、遭遇するだけでも——それで生き延びられたとしたらだが——非常に大きな経験となる。魔道師どうしだと、相手の力をその身に感じ取ることだけでも、実にさまざまな影響をうけ、学ぶことができるからだ。まして、イェライシャとグラチウスとの魔道の戦いにまきこまれ、イェライシャとともに戦った——などという経験をひとたび経れば、ある程度以上の力のある魔道師なら、それだけで、おそらくイェライシャの白魔道と、グラチウスの黒魔道の双方をかいま見て、一気にふたケタ以上の魔道力の上昇は確実に得ているはずだ。

（俺は……そういう意味では、とてつもなく運のいい男なのかもしれん……）

そんなふうに運がよくありたいなどと、思ったことはなかったのだが――ヴァレリウスはほろにがく思った。

魔道師として、力をもちたい、もっともっと力をたくわえ、上級魔道師から導師へ、さらに大導師へと出世してゆきたい、とねがうのは当然のことだ。そして、最終的には、それらの世界の伝説的な大魔道師とはいわずとも、少なくとも魔道師なら誰でも知っている大魔道師となること、それに憧れぬ魔道師はほんのかけだしの卵からうだつのあがらぬ万年一級魔道師にいたるまで、ひとりもいない。

（だが、俺は……パロ宰相などということになってしまったしな……）

本当は、いま、魔道師としてのキャリアだけに専念できるのだったら、ヴァレリウスは、まさに自分の前途は洋々だ、という希望にみちていられたことだろう。だが、ヴァレリウスは、逆に、魔道師としてのパワーが上がってゆけばゆくほど、自分がただひとりの、パロの「守りのかなめ」でしかないことを痛いほどに感じさせられていた。

（魔道師ギルドの大導師たちは……パロを守る、などということよりも、おのれの魔道力のことしか考えていないし――魔道師の塔全体がそれに……やはり、直接ああして自由な、ギルド外の大魔道師たちにふれてみると、どんなに低い能力しかもっていないか、どんなに何も知らないままかということも知らざるを得ない……）

ギルドの一級魔道師たち数人を集めて立ち向かおうとして、一瞬にしてそれらを消滅させられてしまった、にがい経験が、あらためてヴァレリウスに、おのれのおかれている状況のこころもとなさをしみじみと痛感させている。

いまのパロは、武力のほうはもっとさらにお話にならない。かつて聖騎士団がパロの守りをかためていた時代からすでに、パロは武力において不安があることは有名であったのだ。だからこそ、モンゴールの奇襲を受けもした。いまのパロはさらにひどい状態だ。まともな武将さえいない——うら若い上にほとんど実戦経験のない、二十歳のアドリアンがもっともあてにできる武将だったりするような悲惨な状態だ。これを回復して、なんとか武力でも他国の侵略に対抗できるようにするにはまだ長い時間がかかるだろう。

(それまでは——魔道王国としては、魔道師軍団を充実させて——せめて魔道でなんとか国を守ってゆくしかないと思うのだが……)

それは、《閉じた空間》で帰国を急ぐ道すがら、ヨナとも毎日のように話し合ったことでもあった。

ヨナはヨナで、もう本当はパロの統治からは手をひきたい、そして本来の学究としての静かな生活に戻りたいと熱望しながらも、いま、もしヴァレリウスとヨナがパロの運営から手をひいたら、もうパロは国家として成り立たないだろう、ということもよくわかっている。

「仕方ないですね……まだ、当分、私はまた、パロの参謀長といったら実態がよくわからないが、それをむしろ逆手にとって、なんでも屋として——なんでもやりますよ。本来、そういうことくらい、私に向いてないことはないと思うんですが——ナリスさまへのご恩返しなんだし……」

「そう、それに、いまはとにかく陛下のまわりにいてさしあげなくては……」

ヴァレリウスは、愛する祖国、そして長年馴染んだクリスタルの都が近づいてくるにつれて、なんともいえぬ奇妙な複雑な、胸をしめつけられるような思いで一杯であった。

（ナリスさま……）

あまりにあわただしい日々のなかで、ゆっくりと亡きひととひそかな会話をかわしているゆとりさえも失っていた。

（ナリスさま、ようよう戻って参りましたよ——たいそう長い、そして実りのない遠征でした。……いや、個人的には、ディーンさまというかたを少し知ることも出来ましたし、それなりに、魔道力もあがったと思いますし……たくさんの得るところはあったと思いますが——ついに、グイン陛下の行方を探し当てることは出来ませんでしたし——というよりも、グイン陛下は、我々と会うことを避けてまた旅立ってしまわれましたし——）

（イェライシャ導師がそれを手助けしたからには、このちも、本人がそう望まれぬかぎり、グインどのがケイロニアに戻ってゆくことはないでしょうね。——それについては、私もいろいろ推測するほかはないが……）

（しかしともかく、いまの私にとっては、大切なものというのはただひとつしかありませんから——それが、ひとではなく、《パロ》の国だ、というのは……なんだか、我ながらむなしいというか、なんと寂しい人生だろうというような気もしてならないんですけれどもねえ……）

（でもまあ、仕方がない。——もう、私にはそれ以外何にもない。祖国への愛と忠誠以外何にもない。……こんな抽象的なものだけで人間が生きてゆけるものかと、かつての私だったら思ったでしょうけれどもね——まあ、でも私も普通の人間ではない、数ならぬ身とはいえ、魔道師だし……それに、パロは……そう、パロは、私にとっては、あなたが私に遺してくださった、たったひとつのもののように思われるんですよ……）

（そう、あなたがあれほどに思いをのこし、心をかけ、その行く末を案じておられたパロの国だからこそ——もともと私は祖国愛の強い男でしたけれどね、いまの私にとっては、《パロ》こそがただひとつ、あなたが私に命じた——それを自分にかわって末永く守ってゆくように、と命じられたただひとつの使命のように思われるんです。——ヨナのように、私も本当は……あなたの喪があけたら、今度こそパロを去って——それこそイェライシャ導師のもとに弟子入りして一から魔道を学び直し、本当に力のある——魔道師ギルドにいてはそうなるべくもないような、本当に驚くべき力のある大魔道師への道を目指そうと思っていたんですよ。……最初は、なすべきことをし終えたら、そのあとはもう自分など、生きていてもしかたないから、あのカイのようにあなたのもとへいってしまおうかと思っていたのですがね……）

（私のことを、心変わりしたにくいやつとお恨みになるでしょうか？　そんなことはありますまい――あなたはいつだって、あれほどパロの行くすえだけを心にかけておられたのですから。まして、いま、パロは、リンダ女王陛下が女の細腕で健気に守っておられる。――こうして、上空からクリスタル市に近づいてきても、リンダさまが本当に健闘しておられることがよくわかりますよ。――畑にも果樹園にも緑が戻ってきました。街道筋にはさかんに商人どものゆきかう荷馬車のすがたが見えます。夜になって町に入ると、町々は安全とにぎやかさを取り戻し、食物も飲むものも――我々は《閉じた空間》の術を使用中の魔道師たちですから、通常の食べ物飲み物をとることはありませんが――ふんだんに売っている。子供たちのすがたもまた見えるようになった――これだけの短期間で、よくぞここまで、しかも私やヨナの手助けもないままで、復興をすすめられたものです。あなたの奥様は――かたちばかりの奥様であったかもしれないが、本当に偉いおかたですよ。本来ならまだ遊びたいさかりのお若い女性ひとりで、こんなにもよくあなたのご遺志を守って……パロとクリスタルを守り続けておられる。それを思うと）

（とてものことに、いまパロをはなれて、自分ひとりのしたいことや、あなたの後世《ごせ》をとむらいに残りの時間を好きに使うような贅沢や我儘は許されない、という気持になる。——それはいつの日か、私があなたのもとにゆくことが出来たときのさいごの喜び、ということにしておかなくてはならぬようです、まだ当分は。——まだまだパロは安全になったわけじゃない。まだ、もしかしたらあのおぞましい黒魔道勢力は虎視眈々とあなたの愛したパロを狙い続けているかもしれないのですからね。——そう思えば、これからですよ……すべてはむしろこれからなのだから……）

ヴァレリウスの思いははてしもなかった。

魔道師団の一行は、そういうわけで非常な速さでクリスタル市に入り、そしてクリスタル・パレスに入った。魔道師の塔でいったん《閉じた空間》の術をとき、浄めを受け、それからあらためて女王宮へむかう。あまりに長い期間、《閉じた空間》の術を使い続けていると、からだの細胞そのものが、魔道の影響を受けて、通常の空間と時間の流れに馴染めなくなってくる。力のたりぬ魔道師が、自分の力に許される以上に長時間、この上級魔道を使い続けて、揚句に生きたままぐずぐずと分解してしまった、というような伝説もいくつも存在しているのだ。魔道は、入るときよりも出るときがもっとも難しい、というのも、魔道師にとっての常識になっている。

精進潔斎して、衣類をあらため——といったところで、新しい魔道師のマントに着替えるだけのことであるが、その上で、ヴァレリウスはヨナをともなって、女王宮に伺候した。

ヴァレリウスの鋭い目は、何か、黒魔道のあやしい接近はないかと、くまなく久々に戻ったクリスタル・パレスの内部を探査しつづけていたが、ヴァレリウスが発見したのは、「どうやら何もかもうまくいっているようだ」という、喜ばしい事実だけであった。廃墟になっていたランズベール城の焼け跡も、かなり取り片付けが進んでいた。まだ、閉鎖されたままの宮殿や庭園も多かったが、おもだった部分では、かなり片付けも掃除もすすみ、広大なクリスタル・パレスはなかば以上その機能を回復しているようだった。つとめている人数は確かに減っていたが、しかしみな、希望にみちた明るい顔つきをして、広大なパレスの内部をせっせと働いてまわっていた。かつてパレスをおおっていた暗く恐しい、おぞましい絶望と呪縛のいろはもうどこにも、薬にしたくも見あたらなかった。

(何もかもが、新生の喜びに満ちて回復しつつある……)

その、喜ばしい輝きが、ヴァレリウスとヨナの胸を打った。

「リンダ陛下は……ずいぶん、頑張られたのですね……」

「ああ、そうだな。――我々が二人ともおそばをはなれて、ずいぶんと御不自由であられただろうに――」

「たぶん、それもまた、陛下にとっては、成長する好機であられたのでしょうね。……なんとなく、全体に、ことに女王宮のあたりは、とても女性的というか、しっとりとして、貴婦人らしい華やぎを感じますよ」

「ああ、なんとなく、クリスタル・パレス全体が、以前よりも殺風景な感じがしなくなった」

「新しい調度類も前よりも品はいいが前よりも華やかですね」

二人は感慨深く話しながらゆっくりとクリスタル・パレスのなかを通っていった。

ふと、女王宮の前で足をとめて、ヴァレリウスは左を見た。そのさきには、水晶の塔をへだてて、クリスタル庭園が、そしてそのさきには、かぎりなく懐かしい、カリナエ小宮がある。

ヨナも、足をとめて、水晶の塔にさえぎられて見えるはずもないそちらを見やっていた。ヨナも同じ感慨にとらわれていることが、ヴァレリウスにはわかった。ヴァレリウスのほうは、魔道師の遠視・透視の術を使えば、おぼろげに水晶の塔の彼方にカリナエの小宮殿の像を結ぶことが出来る。

「カリナエは、まだ閉鎖されたままのようだ……」

「どんなかたちであれ——とにかくまた、あけて……ナリスさまのみ魂がおいでになれるようにしてさしあげたいものですが」

「ああ——そうだな」

二人は、一瞬の胸にわきおこる夥しい嵐をふりはらうようにして、女王宮に入った。

「おお——帰ってきたのね。ヴァレリウス！　ヨナ博士も！」

すでに、かれら二人の重臣の帰国の知らせは、リンダの耳に届いている。

リンダは、堅苦しい謁見の間ではなく、女王の執務室に直接かれらを通ることを許して待っていた。ヴァレリウスとヨナとが入ってゆくと、紺色のドレスに肩からレースのケープをかけたリンダ女王が、安堵と喜びとに頬を火照らせながら、自らかれらを迎えに戸をあけた。

「陛下——」

ヴァレリウスとヨナは執務室に入ると、いっせいにひざまづき、膝の上に低くこうべをたれ、女王への臣下の礼をとった。

「たいへん、長期間、国政をあけまして、申し訳なきことをいたしました。パロ宰相ヴァレリウス、ただいま帰ってまいりました」

「同じくパロ参謀長ヨナ・ハンゼ、ただいま帰国いたしました。のちほど、サイロンでの調査の結果につきましては、サイロンにてしたためました報告書がございますので、提出させていただきます」

「おお、二人とも……無事に帰ってきてくれて、こんな嬉しいことはないわ」

リンダは、思わず目がしらをおさえた。

「ごめんなさいね、私このごろ――なんだか妙に涙もろくなってしまって。――もう、年をとってしまったのかしらね」

「何をおっしゃることやら」

ヴァレリウスは苦笑せざるを得なかった。

必ずしもこれからヴァレリウスがしなくてはならぬ報告は、それほど心はずむものばかりではなかった。何よりもまず、せっかくこのようなパロ復興のための切迫した時期に長きにわたって宰相の重職がクリスタル市をあけることを許してもらったというのに、結局、グイン王の行方はわからずじまい、いや、それよりもさらに悪い、その行方に肉迫したもののおそらくは王自身の意志によって、王はまたさらに中原のいずこへか、逃亡してしまった、という事実を、女王に報告しなくてはならない。リンダが、グインの行方にことのほか心をかけていることを知っているだけに、ヴァレリウスにとっては、それは、ケイロニア宮廷でしなくてはならなかったのと同じほどにも辛い報告になりそうだった。

だが、目の前のリンダをみていて、はるかなイシュタールでカメロンが帰国したイシュトヴァーンを見てひそかに思っていたのと同じように――立場としては帰国したのはヴァレリウスのほうで、逆であったが――ヴァレリウスもまた、（おや……）という奇妙な感慨にとらわれていた。

(リンダさまは――なんとなく妙に、大人になられたというか――ひと皮むけたというか、何かを抜けられた、という感じがするな……)

もともと、聡明で健気で、一生懸命な、ひとに好感をもたれやすい美女だが、ある一面ではそそっかしくて惚れっぽくて多少うわついたところがないわけでもない。それは、十四歳で両親を失い、そのあとずっと苦難の人生を切り抜けてきたのだから、しょうのないことだろうとヴァレリウスはひそかに思っている。

だが、ひさびさに見るリンダは、顔はむしろ前よりもうれいの影がすこし薄れ、やつれがとれた分、相変わらず光り輝くようにきれいであったが、その美しさには幾分の落ち着きが加わり、そして、愛するものを失った深い悲しみの影ではなく、もっと何か、世の中の深いいたみや悲しみを理解しそめたような、おだやかで心やさしい悲哀の影があった。その影が、これまで、とかくうわついて見られがちでないこともなかった《パロ宮廷一の貴婦人》を、しっとりと落ち着いた大人の女性に見せているようであった。

以前、もっと若いときに彼女がそうしたうれいの影をまとっていたときには、それはヴァレリウスには、あまり似つかわしくは思えなかったものだが、いまは、ずいぶん思慮深さと、他人のことを思いやる本当の優しい心とが、表面にあらわれ、それが生来の気品とあいまって、すっかり女王らしさを増したように思われた。

(かえって、我々がかたわらで騒ぎ立てないで——おひとりで苦労されていたのが、よかったのかな。——といっては申し訳ないが。……だが、もともと明るくてよく笑うかたであられただけに、そうして、ひっそりと雨に濡れたルノリアのようにしておられるのが、なんだかいたいたしい気もするが……)

亡きひとの思い出は、まだどのくらい、この女人の魂にふかい悲しみの影を落としているのだろう——ヴァレリウスは複雑な思いでリンダを見やった。あまり早く、亡きひとへの悲しみと絶望から抜け出されてしまうのは腹立たしいようでもあり、また、同時に、いつまでもその悲嘆の淵に沈んでいるのは、あまりにも進歩がないようでもあった。

(俺も……そろそろ……本当に、あのかたを追憶にしなくては……)

時は流れている。

本当はまだ、ふれさえしたら血を吹き出すような生々しい傷口だろう。だが、それも、そっとかかえたまま、生きているものは、生き続けてゆかなくてはならないのだ。時はどんどん流れ、そして、このそれほど長からぬ時のあいだにさえ、おびただしい変化がパロをも、そしてヴァレリウスをも、またリンダをもたぶん、訪れているのだ。

(生きてゆかなくては——)

ふりしぼるように、ヴァレリウスは思っていた。

ヨナはかたわらで、じっとこうべを垂れている。懐かしいクリスタル・パレス——とはいうものの、ヨナにとってはヴァレリウスよりは、はるかに馴染みの少ない場所だろう。ヨナはもともとは王立学問所の学者、馴染みが深いのはアムブラや、そしてマルガの離宮のほうだ。むしろここ女王宮はかつては国王宮として、《敵》の総本山だったようなところだろう。

（そうだ。生きなくてはならぬ――殉死を思うのはどんなに甘やかでも……生きているかぎり、生きている者は――生き続けなくてはならぬ。……それが――ヤーンのさだめ給うたみ恵みであり――呪いであり――宿命なのだから。……いざ生きめやも――この先、どのような日々が訪れてくるのか、まるきり見当もつかぬ――あなたなしで、あなたのいないままで――何年生きなくてはならぬのか、あなたのいない世界はどのように荒涼としているのか……それを抱きしめて、だが――みな、生きてゆきます……ナリスさま、あなたを愛したものたちは、みな……あなたが愛したこの国を守って――）

ヴァレリウスの思いは、はてしもなかった。

「しなくてはならないことがたくさんありすぎて……」

リンダが、苦笑まじりに嘆息するのが、遠く耳に入った。

「なんだか、本当に帰ってきてくれてよかったわ。私ひとりで、もう、このままではどうにもならないのではないかと思っていたところだったのよ。まさに――こんなに早く戻ってきてくれるなんて、これこそヤーンのおぼしめしそのものだわ。あなたたちは、ヤーンのたまものよ。ヴァレリウス、ヨナ――本当に、よく帰ってきてくれました。――お帰りなさい。私がどんなに嬉しいか、ことばでは言い表せないほどだわ」

あとがき

というわけで、お待たせいたしました。「グイン・サーガ」第百七巻「流れゆく雲」をお届けいたします。

ちょっと、意表をつくタイトルでしたかね。その昔いまはなき「天狼パティオ」でやっていた、「タイトルあてクイズ」だったら、まずは「定形外」(つまり「グイン・サーガ」のタイトルの大半は「＊＊の＊＊」というかたちが定形になっているからです)ということで迷走がはじまっていたかもしれません。なんとなく、べつだん「雲のなんとか」にしたってよかったんですけれども、気分的に、今回は「ああ、流れてゆくなあ——万物は流れてゆき、とどまるところがないなあ」というような気分が強かったものですから、なんだか最初からこのタイトルが出てきておりました。

内容的にも、うちの亭主がはからずも「峠の茶屋みたいな巻」という名言を申しましたが、確かに、「ここらでちょっと一休み」みたいな巻になっています。でもま、このところは延々といろいろたいへんなこともたくさんあったので、まあこのへんで一休み、ってのは雰囲気的にもいいんじゃないかな、とも思います。

これを書いているのは三月のあたまですが、この本がみなさまのお手元にとどくときにはもう四月十日前後になっているわけで、ということは、おお、なんということでしょうか、あの「百の大典」からもう一年がたってしまったのですねえ。なんと、あれからもう一年。百巻達成！　と大騒ぎしていたのがついきのうのような気がするのに、もうそれから一年。でも、それでちょうど一年たって「百七巻」が同じ四月にお手元にとどいている、ってことは、その後の一年で順調に七冊書いたってことですね。うん、百巻からずっと月刊グインやりましたからね。一冊多いので正解です（笑）

月刊グインっていえば、百四巻、外伝「ふりむかない男」、百五巻、の三冊が、一月二月三月と「月刊グイン」しましたが、外伝が入っている月刊と、本篇だけの月刊てのもまたなかなか感じは違うようです。本篇だけの怒濤の月刊っていうのはなかなか楽しいといえば楽しいんですけどねえ、書くほうは——イラストレーターも——けっこうへろへろになります。去年もねえ、ちょっと安心していたら追いつかれてしまって、百六巻が、けっこうぎりぎりというか「これを出したらあとがないっ」って感じになっていたんだったかな。で、結局、百八、百九と続けてあわてて書いたのですが、これが出るとまたもう、ただちに百八のゲラがあがってくるでしょうから、またまたストックが一冊になってしまう。ほんのちょっとのんびりしたり、何かあったりすれば二ヶ月なんてあっという間ですから、ほんと隔月は気が抜けない。出来るだけ早く百十巻を書いて、その次にゆくと、百十一巻なんですね。うわあ（笑）
うん、「百巻の次の節目は111の1並びかな」って思っていたら、もうそれがあと二冊できてしまう（皆様んとこにはもうちょっとあとになってしまうんですが）そう思うと、こうやってればなんだか二百巻なんてあっという間のような気もしますねえ。少なくとも、この調子でいけば、いま百七巻、あとは六冊づつ出してゆくとしても十五年半で出てしまうことになります。十五年半っていうと、つまるところ、二〇二二年てことですね。私はそのころには六十九歳、うわー（爆）
まあでも可能性あるってことかなあ……このところ、この二月から三月にかけて、ちょっと、敬愛するかたの訃報があいついだので、多少しょげてしまっていて、「いのちあるうちに」みたいな気分になっていまして、そのおひとりは作家、テレビドラマの演出家の久世光彦さんですが、もうおひとりは「納豆和尚」藤井宗哲師で、どちらも「昨夜まで何事もなく送られていた」翌日の急死、のようだったので、なかなかショックというか――去年亡くなった私の卒論の先生でもあり作家でもあられた平岡篤頼先生も学生たちと酒を酌み交わしていて、その席で倒れられたというし――「いつなんどき、自分の番がこないものでもない」というような気分になっていますもので――まあ、亭主がちょっとこの二月後半から三月あたまにかけてとっても具合が悪かったってこともあり、自分自身の健康状態もぱっとしなかったってこともあるんだけれど、「もう西鶴の没年も過ぎた。三島由紀夫の没年はとっくに過ぎた。織田信長より長生きした。もう何があってもおかしくないのである」というような気分ですねえ、いまのところは。まあ、そう思ったからといってどうなるものでもなく、ただただ「一冊でも多く、一行でも多く」とひたすら考えるだけなのですが。

そのせいなのかどうか、去年はものすごい量のヤオイ小説を書いてしまいました。二〇〇五年に書いたトータルの原稿枚数はほぼ一万二千枚、そのうちグインが二千枚、「夢幻戦記」と「狂桜記」と伊集院大介二冊で二千百枚、ヤオイ小説七千七百枚、ほとんど狂気の沙汰ですが、月平均にして千三枚、日平均にして三十三枚、ということで、来る日も来る日も三十三枚書いていればなんてことない枚数ですが、実際には書いてない日だってけっこうありますから、書いた日はもっとすごかったってことだなあ。

でも、二〇〇六年の今年は、実はいま現在三月上旬でもってすでに三千百八十五枚になってしまっています。ってことはひと月千六十一枚、去年より「一日分」くらい多いので、このままいくとしたら、去年よりもさらに多めになってしまう。これでいいんだろうか？　人として、これはかなり異常な事態ではないんだろうか？　などと思いつつ、一番やばかったのは二月で、二十八日しかなかったのに千五百九十七枚に達し、一日平均は五十七枚になってしまいました。えらいことです。でもそれより、三月に入ってからまだ上旬もおわってないのにもう四百二十枚書いてしまって、ってことは三月に入ってから毎日八十枚以上書いているってことで、「こうやたらに書くってことはいよいよ本当にお迎えが近いのかな」なんて馬鹿なことを考える今日この頃——いや、ただ単に早起きになったり、夜も仕事しちゃうようになったりしただけなのですが——仕事というか、ヤオイをね——でもま、そのおかげで珍しくというか、生まれてはじめて腱鞘炎の危機にもみまわれるし、目も肩もひどい状態だし——これはやっぱり、去年一年舞台がまったくなく、今年はまだ大きなライブもない、その反動だと思うので、「小説だけ」書いているのはどうも健康に悪そうだと思い……ワーカホリックなんでしょうね。でもやっぱり、もうちょっと、ゆるめて、舞台だのライブだのやったほうがよさそうです。でないとほんとに、危ないかもしれない。からだがやられる、っていうより以前に、小説中毒、ヤオイ中毒で、なんかあっちの世界にいっちゃうかもしれない(爆)

などなど物騒なこともいってますが、でもこれだけ書いてると気分がいいですね(笑)なんかもう何も考えなくなって、ひたすらもう毎日書くばっかり。いやなこともあるしつらいことも悲しいこともあるんだけど、そのたびに小説の世界に逃げ込んでしまって、いまんとこ完全に現実逃避のニートと化してるような気がするなあ、私は。ニートというより、「引きこもり」化しているなあ。まあ、いいんですけど。どうせ、そういう人だったんですから。

それでますます「現実」との乖離というか、うまくゆかなくなってるのかなあとも思うけれど、「それもまあいいや」なんて思っています。結局のところ、私は私であって他の誰かの気に入るようには生きられない。そうしたところで何になるのか。ひとの気に入ってもらったところで、その人は私じゃないのだから、その人がいいと思っても私がいいと思うかどうかはわからないわけですもんね。結局、私というのは「こういう存在」だったのかなあ、と考える今日この頃です。浮世にはいろいろありますが、なんか、もう、好きにすれば、っていう気分で、ただひたすら書き続けています。さいごに残るのはただそれだけだろうしなあ。私が持っているのはもうたぶん誰にも決して破ることのできない「世界一」の記録なんだし。

先に亡くなってしまったかたたちのことを考えてかなりメロウになってるのかもしれませんが、でも世界には春がきています。春がくるとひとは鬱っぽくなるのかもしれませんが。今年の春はどういうわけか、これを書いてる時点では少なくとも、もうひとさまはマスクかけてるのにまだ私には花粉がきてなくて、ま、いいあんばいというか、どうなったのかなと思うんですが、そのうちたけなわになってくればわからないかな。去年といい今年といい、変動著しい年で、本当に、浮世のわざなんかにかまってる暇はないんだけどな、という感じなんだけれども。

ともあれ、百七巻はいったん落ち着きましたが、百八からはまたこんどはちょっとしばらく「道中記」がはじまるので、いささか浮き浮きしています。ひさびさに書いたけど、けっこう、楽しいですよね。なんか、深刻な話だの、ものすごく天変地異な話だの、とても核心にふれる話が続いたあとなので、一服の清涼剤、って感じだったりして（笑）ま、ともあれまずは峠の茶屋でお茶でも一杯、ってところかなあ、今回は。ではまた百八巻でお目にかかりましょうね。

恒例の読者プレゼントはチョコをいただいたかたなども含めて、山口香織様、阿部朋子様、畠山智行様の三名様に決めさせていただきました。それでは、また百八巻で。

二〇〇六年三月八日（水）

神楽坂倶楽部 URL
http://homepage2.nifty.com/kaguraclub/

天狼星通信オンライン URL
http://homepage3.nifty.com/tenro

「天狼叢書」「浪漫之友」などの同人誌通販のお知らせを含む天狼プロダクションの最新情報は「天狼星通信オンライン」でご案内しています。

情報を郵送でご希望のかたは、返送先を記入し80円切手を貼った返信用封筒を同封してお問い合せください。

（受付締切などはございません）。

〒108-0014　東京都港区芝4-4-10　ハタノビル B1F
（株）天狼プロダクション「情報案内」係

神林長平作品

敵は海賊・海賊版

海賊課刑事ラテルとアプロが伝説の宇宙海賊匂冥に挑む！　傑作スペースオペラ第一作。

敵は海賊・猫たちの饗宴

海賊課をクビになったラテルらは、再就職先で仮想現実を現実化する装置に巻き込まれる

敵は海賊・海賊たちの憂鬱

ある政治家の護衛を担当したラテルらであったが、その背後には人知を超えた存在が……

敵は海賊・不敵な休暇

チーフ代理にされたラテルらをしりめに、人間の意識をあやつる特殊捜査官が匂冥に迫る

敵は海賊・海賊課の一日

アプロの六六六回目の誕生日に、不可思議な出来事が次々と……彼は時間を操作できる!?

プリンセス・プラスティック／米田淳一

エスコート・エンジェル

22世紀の科学が生んだ双子のバイオロボット、シファとミスフィが活躍するアクションSF

ホロウ・ボディ

首都を襲ったテロは国際的犯罪組織の仕業だった。シファとミスフィをめぐる陰謀の数々

フリー・フライヤー

次々と飛行機を襲う謎の空賊。これを殲滅すべくシファとミスフィは出動したのだが……

グリッド・クラッカーズ

ネットワークシステム中枢への侵入を画策するラッティに、シファとミスフィの応手は？

ハリアー・バトルフリート

サイバースペースでの戦闘の行方は？　人間の未来は？　クドルチュデス篇、堂々完結！

クレギオン／野尻抱介

ヴェイスの盲点

ロイド、マージ、メイ――宇宙の運び屋ミリガン運送の活躍を描く、ハードSF活劇開幕

フェイダーリンクの鯨

太陽化計画が進行するガス惑星。ロイドらはそのリング上で定住者のコロニーに遭遇する

アンクスの海賊

無数の彗星が飛び交うアンクス星系を訪れたミリガン運送の三人に、宇宙海賊の罠が迫る

サリバン家のお引越し

メイの現場責任者としての初仕事は、とある三人家族のコロニーへの引越しだったが……

タリファの子守歌

ミリガン運送が向かった辺境の惑星タリファには、マージの追憶を揺らす人物がいた……

ハヤカワ文庫